U0001979

BEST 嚴選

奇幻基地出版

無名之子

Children of the Nameless

布蘭登・山德森 著
傅弘哲 譯

Brandon Sanderson

BEST 嚴選

緣起

在繁花似錦的奇幻文學花園裡，你或許還在門外徘徊，不知該如何抉擇進入的途徑；也或許你已經置身其中，卻因種類繁多，或曾經讀過不合口味的作品，而卻步、遲疑。

BEST嚴選，正如其名，我們期許能透過奇幻基地對奇幻文學的瞭解，以及對讀者的理解，站在出版者與讀者的雙重角度，為您精選好作家與好作品。

他們是名家，您不可不讀：幻想文學裡的巨擘，領域裡的耀眼新星。

它們最暢銷，您怎可錯過：銷售量驚人的大作，排行榜上的常勝軍。

這些是經典，您務必一讀：百聞不如一見的作品，極具代表的佳作。

奇幻嚴選，嚴選奇幻。請相信我們的眼光，跟隨我們的腳步，文學的盛宴、幻想世界的冒險，就要展開。

excellent bestseller classic

序曲

這世上有兩種黑暗，而塔森妲（Tacenda）對第二種的恐懼遠勝過第一種。

第一種黑暗就是一般的黑暗，光線難以到達陰影處的黑暗；櫥櫃門縫內的黑暗、森林邊緣小屋裡的黑暗。第一種黑暗是暮色的黑暗，在夜晚來臨時滲入家家戶戶，如同不請自來的不速之客。

第一種黑暗有其危險，尤其此地陰影潛伏，黑暗生物時常於夜裡嚎叫。但塔森妲真正害怕的是第二種黑暗——每天早晨找上她的那一種。她的目盲症與日出有直接關聯；每當第一道曙光出現，她的視力就會消逝。那時第二種黑暗就會占有她：純粹、無法逃脫的黑暗。不論她的父母與僧侶如何安撫，她就是知道在那黑暗中有某種可怕的存在正盯著她。

她的雙胞胎妹妹，威莉雅（Willia）了解那種感受。她的詛咒與塔森妲相反，威莉雅白天看得見，但每天晚上都會被第二種黑暗纏身。她們兩人從沒有一刻能同時看得見，因此即便身爲雙胞胎，兩姊妹卻從未對上目光。

成長過程中，塔森妲試著學習音樂來驅逐她對第二種黑暗的恐懼，她告訴自己至少她還聽得見。確實，目盲時她感覺自己能將大地的自然音樂聽得更清楚，碎石在腳下發出的嘎吱聲、孩童們經過她位於村子中央的座位時發出的活潑歡笑聲。有時候，塔森妲甚至覺得自己能聽見老樹生長時發出的伸展聲，那就像繩索纏絞的聲音，伴隨著落葉發出的輕柔嘆息聲。

不過她倒是眞心想看看太陽，即使只有一次也好。比月亮更耀眼的巨大火球在天上燃燒？她的皮膚能夠感覺到太陽的熱度，因此知道那是眞的，但她還是想知道像個普通人一樣看見頭頂奪目的火焰、在其下生活會是什麼感覺。

村裡的人知道兩名女孩的相反詛咒，都說她們是被「標記」了。人們低聲說是「沼澤」觸碰了她們。這是好事，代表這對雙胞胎被承認、被祝福了。

塔森妲一直難以相信這是種祝福，直到那天，她發現了自己眞正的歌聲。村民們在她還是孩童時就買下了旅行商人的鼓送給她，讓她能在眾人務農時對大家唱歌。他們說她歌唱時樹林間的黑暗似乎會退縮，也宣稱陽光會更加明亮。而某一天，塔森妲發現了自己體內的力量，並開始唱起一首美麗、溫暖、充滿喜悅的曲子。不知爲何，她確實知道那來自沼澤，是伴隨著盲目詛咒的贈禮。

威莉雅低聲說她也能感覺到自己體內有一種奇妙、驚人的力量。她十二歲時，持劍打鬥的實力甚至已經能與鐵匠巴爾匹敵。

威莉雅總是比較凶悍的那一個，至少在白天是如此。當第二種黑暗在夜晚占領她時，塔森妲能立刻感覺到她恐懼的顫抖。在那些漫漫長夜，當妹妹沒來由地害怕光明不會再度回歸時，塔森妲會對著她歌唱。

在她們剛滿十三歲，一個類似這樣的夜晚裡，塔森妲發現了另一首歌。發現歌曲的當下，來自森林的怪物正抓撓著大門怒吼著。有時野獸會在夜裡從森林出現，闖入房屋，抓走裡面的居民。這就是住在「迫近地」所要付出的代價，這片土地要求的稅收就是鮮血。通常這時能做的不多，你只能擋住門，向沼澤或是天使祈禱——取決於你相信誰——並期待快點得到解脫。

但那一晚，塔森妲聽著妹妹恐慌、父母啜泣，她反而向前靠近闖入的野獸。她聽見了音樂：在破裂的木門中，在樹間擾動的微風中，在她隆隆作響的心跳聲中。她開口唱出新的歌，野獸紛紛痛苦地尖叫逃離。那是反抗之歌，守望之歌，保護之歌。

隔天晚上，村民請求塔森姐對著黑暗歌唱，她的音樂似乎平靜了樹林。從那天起，再也沒有怪物自森林而來。這座村子原本是迫近地的三座村莊裡規模最小的，但自從人們聽聞此地有雙生保護者後，人口開始快速增長：於白晝鍛鍊的凶悍戰士，與安撫黑夜的文靜歌女。

兩年間，這座村莊是個絕佳的居所。再也沒有人在夜晚時消失，也不再有野獸對著月亮嚎叫，因爲有沼澤派來的護衛守護著它的人民。甚至當一名自稱「莊園之主」的新領主取代舊領主時，也沒有任何人在意。領主間的爭執不是平常人該管的事情。確實，這個新的莊園之主似乎很內斂，比前一個領主來得好。至少他們曾這麼以爲。

但雙胞胎滿十五歲之後，一切都變了調。

第一部

PART ONE

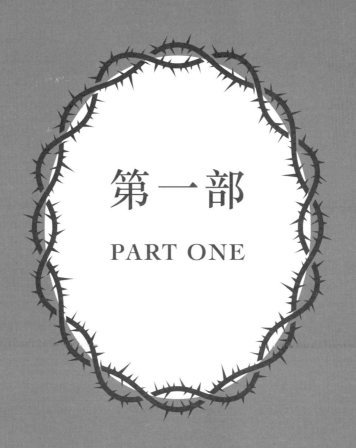

第一章　塔森妲

低語者們在黃昏前襲來，塔森妲的歌無法阻止他們。

她大聲唱著守望之歌的副歌，雙手拂過提琴的琴弦。這是父母送她的十四歲生日禮物。塔森妲的父母已不在人世了，十天前死於這些現在正攻擊村莊的怪物們手中。他們接著又殺害了威莉雅，塔森妲幾乎被哀痛壓垮。現在，他們朝整座村莊襲來。

由於太陽還沒下山，她看不見他們，但可以聽見他們在她座位附近飄蕩時發出的喃喃低語。怪物們聲音粗啞，低聲說著無法辨識的字眼，就像在配合她的歌曲低聲吟誦。

塔森妲更努力用磨破的手指彈著提琴。她坐在平時的座位上，就在村莊中央流動的蓄水池旁。她的歌**理當**要發揮作用的。這兩年來，她的歌阻止了一切恐怖與驚懼，然而現在這些低語者在塔森妲周圍遊蕩，聽起來絲毫不受影響。很快的，她周圍除了那恐怖的和聲外，也開始響起人們驚慌的尖叫聲。

塔森妲試著唱得更大聲，但她的聲音已經開始沙啞了，換氣時忍不住咳嗽、顫抖著喘氣，試著要——

某種冰冷的東西拂過，她指間的疼痛變得麻木。她倒抽一口氣向後跳開，將提琴緊緊抱在胸前。黑暗圍繞著她，但她可以聽見身旁那東西的聲音，就像無數耳語重疊在一起，如書頁般翻動，每一句都像臨終的喘息一般靜謐。

那些怪物最終無視了她而離去，但其餘的村民就沒那麼好運了。他們之前將自己反鎖在家中，現在卻在屋內喊叫、祈禱、求情著……直到一個接一個陷入寂靜。

「塔森妲！」附近有個聲音大喊，「塔森妲，救命！」

「米莉安？」塔森妲的聲音沙啞不堪。呼救聲是從哪個方向傳來的？塔森妲在黑暗中轉身，喀啦一聲踢倒了她的凳子。

「**塔森妲！**」

在那裡！塔森妲小心地用腳拂過蓄水池的邊緣，利用上頭雕刻的石塊找出方向，接著朝黑暗前進。她對這個區域很熟悉，也有很多年沒有在村莊廣場被絆倒過了，但她前進時還是不由得感到一股刺人的恐懼。她走入那仍令她害怕的黑暗之中。

這一次會不會走入虛空，再也無法回來？她會不會一直在廣大未知的黑暗中蹣跚前進，再也無法觸摸到其他事物？

與她的顧慮相反，塔森妲碰到了房屋外牆，位置正如她預期。她用磨破的手指感覺著窗臺還有米莉安成排的藥草盆。在驚慌中她不小心撞掉了其中一盆，盆栽隨即摔破在鵝卵石上。

「米莉安！」塔森妲大喊，憑著感覺沿牆前進。村莊中持續傳來其他尖叫聲；有些人在大聲呼救，其他人則驚恐地喊叫著。呼救聲混雜在一起就像一場風暴，每個聲音卻又如此孤單。

「米莉安？」塔森妲說，「妳的門怎麼開著？米莉安！」

塔森妲憑感覺進入了小房子，接著絆到一具人體。她跪下去，臉頰上流著淚，一手還拿著她的提琴。另一隻手摸到了一件蕾絲裙——米莉安有時晚上會熬夜陪著塔森妲，這是她當時親手繡的。她將手移向女人的臉。

不到一小時前，米莉安才拿了茶給塔森妲，而現在……她的皮膚已經冰冷，身體完全僵硬。

塔森妲放開提琴向後退，後背猛力撞在牆上，震掉了什麼東西。落下的物品摔碎在地上，發出樂曲般的音調。

屋外，僅剩的一些尖叫聲也開始消失。

「殺了我吧！」塔森妲大喊，憑感覺走出門外。她的手臂刮到一處銳利的尖角，扯破她的連衣裙，上臂也流血了。「像對我的家人一樣殺了我吧！」她踉蹌著又回到了主廣場，由於多數的喊叫聲都消失了，她聽見一個比較安靜的聲音，是小孩子。

「阿倫？」她大喊，「是你嗎？」

不要啊。沼澤，聽見我的祈禱吧，拜託……

「阿倫！」塔森妲跟著那微弱的驚恐尖叫來到另一棟建築。門上了鎖，但看來無法阻止低語者，他們似乎是某種靈體或遊魂。

塔森妲憑著感覺來到窗邊，聽見小小的手正拍打著玻璃。「阿倫……」她將自己的手掌貼在玻璃上，一股寒意從她身邊經過。

「塔森妲！」小男孩尖叫，聲音悶在屋內，「拜託，他過來了！」

她吸一口氣，試著從啜泣中努力唱出歌曲，但守望之歌沒有效果。也許……也許其他歌可以？

「單純……單純的日子沐浴在暖陽下……」她開始唱，嘗試著那首喜悅的舊曲子，她小時候曾對著妹妹與村民唱過。「光芒安撫一切不再驚嚇……」

她發現歌詞停在她的舌尖。她該如何歌頌再也看不見的暖陽？眾人在她身邊死去，她要如何才能帶來安寧，帶來喜悅？

那首歌……她不記得了。

房內阿倫的哭聲停歇，伴隨著安靜的倒地聲。屋外，最後的尖叫也消失了。村莊陷入寂靜。

塔森妲從窗邊退開，聽見身後傳來腳步聲。

腳步聲。低語者不會發出這種聲音。

她轉向聲響來源，又聽見附近傳來衣物摩擦的聲音。有人正在觀察她。

「我聽見你了！」塔森妲對她看不見的人尖叫，「莊園之主，我聽見你的腳步聲了！」

她又聽到了呼吸聲。周遭的一切，甚至連低語者的聲音都在逐漸淡去，但那個觀察她的人還留在原地。

「殺了我吧！」塔森妲對著第二種黑暗尖叫，「做個了結吧！」

腳步聲反而遠去。一陣冷而孤單的微風吹過村莊，塔森妲感覺到最後的陽光在消失，空氣逐漸變冷。當夜幕降臨，她的視力恢復了。塔森妲眨眨眼，視野中的黑暗融入陰影，天空還留著夕陽的餘暉，就像火堆熄滅後遺留下的短暫餘燼。

塔森妲發現自己站在蓄水池邊，臉上滿是淚水與糾纏的褐髮。她寶貴的提琴表面被刮傷，掉在米莉安屋內的門旁。

村莊一片死寂，只剩塔森妲與遍地屍體。

第二章　塔森妲

塔森妲花了大約半小時闖進各家房屋，徒勞無功地搜尋倖存者，就連逃去教堂的那些家庭也沒能活下來。她找到一具又一具屍體，他們眼中的光芒消逝，血液的溫暖也被奪走。

十天前她的雙親也受到同樣的遭遇。他們和威莉雅正前往沼澤要去獻上供品。莊園之主基於未知的理由，攔截他們並發動攻擊。他擊敗了威莉雅，即便她有異於常人的體能，還是無法與他的邪惡魔法匹敵。

威莉雅逃出來，奔向修道院求援。當她與教會士兵返回時，只發現兩具屍體——雙親的身軀已然冰冷。也是從當天晚上，低語者——某種詭異扭曲的遊魂——開始出現，攻擊離村莊較遠的人。目擊者發誓是莊園之主在指揮他們。

即便如此，當時塔森妲還希望會有解決辦法，希望沼澤會保護他們，直到莊園之主終於找上威莉雅，殺害了她，而現在……

而現在……

塔森妲頹坐在威默家的門階上，頭垂在雙手中，縹緲的月光照亮了她。威莉雅與僧侶們希望能幫她的父母舉行教堂葬禮，但塔森妲堅持要讓他們的遺體回歸沼澤。僧侶們要怎麼宣揚天使都行，但多數迫近地的居民都知道自己最終是屬於沼澤的。

但……誰要來將這些屍體回歸沼澤？一整個村子的人？

突然間，塔森妲感覺屍體的眼睛都在盯著她。她用疼痛的手撫摸著綁在手腕上屬於妹妹的墜飾。那是條單純的皮繩，上面的鐵片有著無名天使的印記。這墜飾與提琴是她生命中僅剩的重要之物了，所以她也沒有理由繼續留在這個被死亡所環繞的地方了。

塔森妲拿起提琴，麻木地開始行走。她緩步離開村子，經過一片灰柳田，也就是之前威莉雅的屍體被發現的地方。那一天……塔森妲的一部分也變得冰冷，也許這就是為什麼發生了這一切之後，她發覺自己竟累得哭不出來了。

她走進黑暗的森林中。任何有理智的人都不會這麼做，在夜晚穿過森林，基本上就是在哀求意外發生、刻意讓自己迷失其中，或將自身暴露在野獸的尖牙下。但對現在的她來說，這有什麼差別？她的生命已毫無意義，她也無意回歸此地，因此更談不上會不會迷路。

當她閉上雙眼，依然可以感受到某處的黑暗更加純粹，那彷彿是她害怕的第二種黑暗。幾年前，她在鎮上遇到一名跟著商人旅行的瞎眼女孩。威莉雅非常興奮，終於能和其他可以理解第二種黑暗的人談話，但女孩對她們的描述卻一頭霧水。她並不害怕黑暗，也無法理解她們在說什麼。

到了那時，塔森妲才開始眞正理解纏繞兩人的詛咒是某種更深層、詭異的存在，並非只是單純的目盲而已。

她走進黑暗中，裙襬不時被灌木勾住；經過的樹年歲古老，年輪數都數不清。在許多夜晚，這些樹是塔森妲唯一的聽眾，穿梭於樹葉間的風聲則是她僅有的掌聲。村莊其他人則在將近枯竭的油燈下斷斷續續地淺眠著。如果你因吸入油煙喘不過氣而驚醒，至少代表你還有成功醒來。

無盡延伸的樹頂看起來就像夜空本身，只有些許空隙透入了冷冽的月光。黝黑的樹幹撐著頂棚延伸至無窮遠，就像無限反射的鏡像一般。她至少走了半小時，但沒有遇到任何動靜，或許森林中的怪物也被在夜裡獨行的十五歲女孩給嚇呆了。

過了不久，她開始能聞到沼澤，那是腐植、苔蘚與死水的味道。那處並沒有名字，但村民都知道他們是屬於沼澤的。沼澤是他們的保護者，因爲就算是那些黑暗森林中的恐怖怪物——那些活生生的惡夢——也都害怕沼澤。

但它今晚卻沒能保護我們。

塔森妲來到一小處空地。對她來說，沼澤的聲音就如自己的心跳一般熟悉，那類似緩緩沸騰的大鍋發出的低沉鼓動聲，偶爾會有斷裂聲穿刺而出，令人想起骨頭碎裂的聲音。她與雙親帶著供品來過這裡很多次，但她從沒在晚間來過此地。

沼澤……比她想像中來得小。那是個正圓形的池子，裝滿了暗色的水。雖然這個區域的森林裡有許多泥潭與棘手的樹沼，但對眾人來說「沼澤」就是特別指這個池子。

塔森妲站到池子邊緣，想起父母的遺體滑入水中時發出的聲音。那與其說是潑濺聲，更像嘆息聲。將遺體送入沼澤時並不需要加上重物，屍體總會下沉，一去不復返。

她在池邊搖搖欲墜。她生來就是要保護人們，持有許多世代以來未曾見過的守護力量。但今晚她辜負了自己的職責，甚至連低語者都不想帶她走。她僅剩的選項只有去與她的父母作伴——沉入這過分平靜的水中。這就是她的宿命。

不，她腦中似乎有一個聲音在低語，不，這不是我創造妳的理由……

她猶豫了。難道她還發瘋了？

「嘿，」一個聲音從她身後傳來，「嘿！這是怎麼回事？」

一道刺眼的光芒照亮了沼澤周邊的區域。塔森妲轉身，發現一名老人站在看守小屋的門內。他舉起一盞燈籠，臉上鬍鬚凌亂，大多已經灰白，不過他的手臂還是有些肌肉，身體也依然健壯。羅姆來到迫近地的修道院之前，曾是名狼人獵手。

「塔森妲小姐？」他幾乎是連滾帶爬地捍向她，「快過來！離那邊遠一點，孩子！出什麼事了？妳怎麼沒在沃拉森唱歌呢？」

「我……」看到活人讓她震驚。不是……不是全世界都死了嗎？「他們衝著我們來，羅姆，那些低語者……」

他將她從沼澤旁拉開，朝小屋前進。那裡由僧侶的保護咒所保護，很安全。然而，同樣的保護咒今晚並沒有保護村民，她再也不知道什麼是安全、什麼是危險了。

修道院的僧侶們會輪流在這個小屋裡看守。最近他們也試著阻止人民來向沼澤獻上供品。僧侶們並不信任沼澤，他們認爲迫近地的居民應該要摒棄這個舊宗教。但任何外人，即使是像羅姆一樣溫和的人都無法理解，沼澤並不只是他們的宗教，這是他們的天性。

「怎麼了，孩子？」羅姆將她安置在看守小屋裡的凳子上，「發生什麼事了？」

「人們都死了，羅姆，全部的人。殺死我爸媽和妹妹的遊魂……大舉進攻，殺了所有人。」

「**所有人**？」他問，「教堂裡的葛登瓦菈修女呢？」

塔森妲麻木地搖搖頭。「低語者越過了保護咒。」她抬頭看向他，「是莊園之主，他人就在那裡，羅姆。我聽見他的腳步和呼吸聲，他帶領低語者殺了所有人，只留下死去的眼睛跟冰冷的肌膚……」

羅姆陷入沉默，接著匆忙拿起靠在床邊的劍佩帶在身上。「我得去找修道院長。如果莊園之主真的……嗯，她會知道該怎麼做。走吧。」

她搖搖頭拒絕，她已經精疲力盡了。

羅姆拉拉她，但她依然坐著。

「地獄火啊，孩子。」他看向門外沼澤的方向，接著瞇起雙眼，「這座小屋上的祝禱應該能保護妳不受森林中最糟糕的怪物攻擊，但……如果那些遊魂能夠進入教堂……」

「反正低語者也不想要我。」

「離沼澤遠點，」他說，「至少答應我這件事。」

她麻木地點頭。

上了年紀的武僧深吸一口氣，替她點了一支蠟燭，便拿著燈籠進入夜晚。他會沿著路經過沃拉森，到時候他就會親眼看到了。

所有人都不在了。所有人。

塔森妲看向外面的沼澤，她又慢慢地再次感到某種情緒，體內開始發熱。憤怒。

莊園之主不會受到任何報應。不管羅姆再怎麼跟院長抱怨，身爲此地領主的莊園之主是無法被制裁的。教會沒有對抗他的力量，他們大概會叫個幾聲，但是擔心被消滅，因此不敢造次。沃拉森的兩個姊妹村莊則會別開頭繼續生活，希望莊主已對殺戮感到滿足。

森林中的危險是一回事，但這片土地上眞正的怪物一直都是那些領主們。怒火中燒的塔森妲開始在小屋裡翻找。羅姆把唯一的武器帶走了，但她在一個舊冬箱裡找到一把生鏽的冰錐，還能湊合著用。她捻熄蠟燭，回到月光下。

她朝莊園前進，沼澤有如贊同一般翻滾著。她知道這是種愚蠢的反抗；他會折磨她，用她的身體進行恐怖的實驗，再將她的靈魂餵給惡魔。

但她依然前行。她不會自己跳入沼澤裡，那不是她的宿命。

她至少要**嘗試**殺了莊園之主。

第三章 塔森妲

莊園之主大約是兩年前來到此地，就在塔森妲發現守望之歌不久後。他立刻除掉了迫近地先前的統治者——一名被稱爲伐斯特大人的怪物。沒人因爲伐斯特的死亡感到傷心，他在夜間拜訪年輕女子時，常常會吸太多血。

但至少他沒有在一天內屠村過。

塔森妲蹲在莊園領地的邊緣，看向那棟富麗堂皇的建築。過於鮮紅的光芒從窗內透出。眾所周知莊園之主和惡魔有牽連。確實，莊園正面道路的兩側排列著有翅膀的雕像，當塔森妲盯著陰影中的輪廓時，發現它們偶爾會抽動。

她抓緊冰錐，背上背著她的提琴。這棟建築的後側應該有僕役用的入口；她父親曾提到有送衣服去那邊過。

塔森妲離開森林穿過草坪，感覺自己行跡暴露，月光似乎太過明亮了。太陽眞的能比這還要更亮嗎？她心驚膽跳地抵達了宅邸的側邊，如手持匕首般握著冰錐。她靠在木牆上，緩緩朝南邊前進。有些光線從那方向透出，還有那是……人聲嗎？

她來到建築後側的轉角，探頭看見一扇敞開的門。是僕役用的入口，從內流瀉出的光線在草坪形成一塊長方形。她嚇了一跳——一群紅皮膚的小型生物正在門外玩鬧。這些畸形的惡魔高度大約到她腰際，牠們有著長尾巴，身上一絲不掛，正從一個木桶中挖出腐爛的蘋果，互相丟擲著。

那些蘋果……那是上個月果園的收成，依莊園之主的要求進貢至此的。村民們給了他品質最好的蘋果，但從那滿滿的一整桶看來，所有水果都只是被丟著長霉而已。

塔森妲躲回轉角後，呼吸急促，雙手顫抖。她閉上眼睛，聽著怪物們以粗啞、扭曲的語言互相鬥嘴。她時常聽見森林中傳來恐怖聲響，但親眼看見怪物卻又是另一回事了。

她強迫自己行動，試著開啟牆上的幾扇窗戶。不幸的是，所有窗戶都被緊緊拴住，打破窗戶又會引起太大的動靜。僅剩的選項只有大門，或是有怪物在的後門。

她潛回後門，強迫自己再次看向那些怪物。有四隻惡魔正在爭搶一顆看似還算完好的蘋果。塔森妲深呼吸。

接著歌唱。

她壓低音量，安靜地低吟著守望之歌，不過她的提琴對音樂做出回應開始振動。就算她唱歌時沒有彈奏提琴，它也時常會自己開始振動。

這首歌讓她從體內感受到一股暖意，情感與痛苦混合在一起。音樂與其說是出自於她，更像是透過她傳出來的。今晚的樂聲似乎特別豐沛而生動，比她自身更鮮活。

惡魔們停下動作，像是被迷惑一般張大黑色的眼睛，接著向後退，張開嘴唇露出尖銳的牙齒。幸好牠們選擇倉皇退開，小聲尖叫著朝森林而去。

歌曲渴望成長茁壯，想要她以更大的音量將其唱出，塔森妲卻停止歌唱，呼出一口氣，微微喘息。音樂讓她感受到了自己，就好像將她從冰冷的水中拖出，賦予了她生命。但除憤怒與哀傷外，她怎麼可能感受到其他情緒？

專注在眼前的任務上。她將冰錐握在身前，溜進宅邸後門，踏進有著厚地毯與木飾、感覺過於溫馨的走廊。這裡是怪物的家，她不會信任此處表現出的友善氛圍，就像她不會信任在森林中出現、微笑著說有寶藏的小女孩一樣。

附近一間房間的木地板上響起腳步聲。塔森妲很確定那是某種恐怖的東西，會突然衝出來抓住她，因此她順著附近的階梯躲上二樓。果然，她才剛躲好，某個深灰色皮膚的生物就來到走廊。那個高大的怪物腳步沉重，頭頂的雙角快貼到天花板。

塔森妲焦慮地看著怪物檢查後門外的區域。牠聽見了——或感覺到——她的歌。她需要逃離牠的視線範圍，便溜進二樓她碰到的第一間房。從窗邊被月光照亮的床帳來判斷，這裡是間臥房。

她穿過房間，溜進另一扇門，來到一間豪華的浴室，裡頭的浴缸可以容下一整家人。她關上門，讓尋常的黑暗包圍她。她甚至有點歡迎黑暗，至少那感覺很熟悉。

在這裡，整件事的壓力終於壓垮了她。黑暗中，她坐在凳子上，將冰錐緊握在胸前，雙手卻顫抖著。她的提琴開始在背上微微振動起來，她這才發現自己為了冷靜下來而不自覺開始哼唱，於是趕緊停下來。

她改為觸摸妹妹的墜飾，這是她在把威莉雅的屍體交給僧侶前留下的。

威莉雅相信天使。她一直都是比較堅強的那一個，她是個戰士，應該要是她活下來、塔森妲死去才對。威莉雅才真的有機會能夠殺死莊園之主。

她們總是互相依靠。白天威莉雅會鼓勵塔森妲，領著她到田野中唱歌給農人聽。晚上塔森妲則會在威莉雅顫抖時歌唱。她們在一起靈魂才是完整的；而現在，塔森妲卻得獨自活下去？

有人聲。

塔森妲在黑暗中彈起身。她能聽見人聲在接近，其中一個銳利、富有權威感。她知道那個聲音。兩個月前，渾身罩在斗篷及面具下的莊園之主前來找她父親，她聽見抱怨衣物進貢問題的就是這個聲音。

外面的地板響起腳步聲，老舊的木板嘎吱作響。塔森妲趕緊站起身躲在門後。門旋即被打開，光線射入浴室中，塔森妲感到一陣驚慌，但……

她平靜下來。時候到了。

復仇。

她從陰影中跳出，將她的臨時武器刺向莊園之主。他身著黑衣，頭髮黑亮，留著八字鬍，儀態傲慢。冰錐刺進他左胸時發出令人滿意的**噗滋**聲，位置就在他紫色領巾的旁邊，深深刺入甚至摩擦到了骨頭。

莊主凍結在原地。從他臉上的震驚看來，她的出現真的出乎他意料之外。他的嘴唇微張，但沒有移動。

難道她……她真的刺穿了他的心臟？難道她真的成功——

「高木小姐！」莊主回頭喊，「我的浴室裡有個平民女孩！」

「她想要做什麼？」一名女性的聲音從隔壁房間傳來。

「她拿像是冰錐的東西刺我！」男人將塔森妲推進浴室裡，接著拔起冰錐。他的血在上頭閃閃發光。「是支生鏽的冰錐！」

「太棒了！」女聲喊叫，「幫我問問我欠她多少錢？」

塔森妲鼓起勇氣——還有憤怒——挺起身子。

「我是來報仇的！」她大喊，「你一定知道我會來，就在你——」

「喔，妳安靜點。」他說。比起生氣，那語氣更像是覺得煩躁。他的眼睛短暫地變得混濁，就像充滿了藍色的煙霧。

塔森妲試著撲向他，卻發現自己被魔法定在原地；她用盡力氣，卻連眨眼都做不到。她的信心快速地消失殆盡。她一直都知道來這裡相當於自殺，她希望至少能達成某種報仇，但他似乎對自己的傷口無動於衷。他將外套拋向臥室中的一張椅子，然後輕戳著起皺白襯衫上的血漬。

剛剛在講話的女人終於進到房間裡……不過稱呼她爲**女人**似乎不太合適。這名怪物身著人類服裝：簡單的及膝裙裝外罩著灰色窄外套，頭髮則盤成髮髻。但她有著灰燼般的膚色及深紅的眼睛，還有對小尖角從頭髮中穿出。她也是莊主的惡魔僕役。

惡魔將一本帳本夾在腋下，靠近觀察塔森妲。塔森妲再次嘗試掙扎，但完全無法移動，維持著剛才她起身挑戰莊主的姿勢。

「眞有趣，」惡魔女人說，「她肯定不到十六歲，比大部分想要殺你的刺客都還來得年輕。」

莊主再次戳了戳傷口。

「高水小姐，我發覺妳沒有理解到狀況的嚴重性，我的襯衫**毀了**。」

「我們會幫你換一件。」

「這件是我的最愛耶。」

「你有三十七件跟這件一模一樣的襯衫。就算死到臨頭，你也絕對分不出它們的差別。」

「那不是重點，」他遲疑了，「……**三十七件**？就算對我來說，也有點過火了。」

「你叫我做好預備，以免裁縫師被吃掉了。」惡魔女人指向塔森妲，「我該拿這孩子怎麼辦？」

塔森妲呼吸停止。她依然可以呼吸，即便她無法眨眼，只能雙眼直睜。她只能勉強看到莊主走出浴室門口，坐倒在臥室的椅子上。

「把她燒死之類的，」他拿起一本書，「或是把她餵給惡魔。牠們一直求我提供活的肉。」

被活活吃掉？

不要去想像，別思考。塔森妲試著專注在呼吸上。

惡魔女人——高水小姐——雙手抱胸靠在浴室門邊。「她看起來像是去地獄走了一遭，而且是糟糕的地段。」

「地獄裡還有好地段？」莊主問。

「看你偏好的岩漿是多熱囉。看看她的衣服，血跡斑斑、破破爛爛又沾滿泥土。你不覺得她有哪裡很奇怪嗎？」

「髒兮兮又血淋淋，」他說，「平民平常不就是穿這樣？」

高水小姐回頭看。

「我跟不上這裡的流行，」莊主在位子上說，「我只知道他們很喜歡皮帶跟領子。我發誓，前幾天我看到一個傢伙的領子之高，他的帽子已經不是戴在頭上，而是頂在領子上……」

「達夫黎，」高水小姐說，「我是認眞的。」

「我也是。他的手臂上也有皮帶。」莊主伸出他的左臂，不可置信地比畫著，「就像這樣纏在手臂上，完全沒有實質用途。我覺得這裡的人擔心如果不把衣服綁好，衣服就會逃走。」

塔森妲默默聽著對話。他們的話題很奇怪，也很不尊重人。對他們來說，她眞的就只算是一點小麻煩而已？

不過，他們吵得越久，距離他們將塔森妲餵給惡魔的時刻也就越久。她忍不住想像那種感覺，躺在那動彈不得，怪物們就像對蘋果那樣爭搶她，最後開始吃她的肉。她的痛苦千眞萬確，卻沒辦法叫出聲音……

呼吸，專注在呼吸上。

吸氣、吐氣。即便她的嘴唇無法動彈，舌頭與喉嚨也如石頭一般僵硬，但也許……只要再努力一點……

她深吸一口氣，接著哼出一聲微弱但純粹的音調。她的提琴做出反應，琴弦振動出和音。

莊園之主猛然站起身。

守望之歌，唱出守望之歌！她努力嘗試，但用盡全力也只能發出微弱的哼聲，而且惡魔與她的主人似乎絲毫不受影響。

「找嘎吱吶過來，」莊主最終說，「叫他把刺客綁好，然後讓這個女孩好好解釋是誰派她來的。」

第四章　達夫黎

達夫黎·凱恩（Davriel Cane）——莊園之主——已經非常厭倦有人意圖殺死他了。

如果會有人一直來煩你，搬來這窮鄉僻壤還有什麼意義？達夫黎已經盡可能待在難以抵達的地點了，但自認身負重任的僞善人士似乎把這當成是種額外的挑戰。

你只要使用我，就不用再擔心這些事了。達夫黎腦中深處的「元體」（Entity）說，它的聲音如絲綢般具有吸引力。只要我們習慣了自身的力量，就不會再有任何人膽敢冒險挑戰我們。

達夫黎忽略那個聲音。和元體對話通常沒什麼實際結果，只要它還會持續治療達夫黎的傷口，他就不在意它到底要許諾什麼內容。

他往後靠在座位上，此時嘎吱吶來了。對一般人來說，這隻長了角的高大怪物就只是單純的「惡魔」。當然，這個詞彙太過廣泛了，惡魔鑑定家知道惡魔有數百種品系，而且「品種」或是「血統」並不是合適的稱呼法，因爲惡魔並不是誕生出來，而是純粹由魔法創造的。

舉例來說，嘎吱吶是屬於「哈特莫」惡魔：一種高大壯碩的惡魔品系，有著非人的外貌、無體毛，雙角沿著頭向後彎曲，幾乎像鬃毛一樣。哈特莫是少數沒有翅膀的品系，牠們很強壯、恢復力強，而且通常擅於戰鬥。的確，嘎吱吶穿著戰士用的皮甲，腰上繫著一對扭曲的劍。

這隻惡魔笨得跟樹樁一樣，幸好他也跟樹樁一樣健壯。接受高水小姐的指示後，嘎吱吶擠進浴室裡抓起刺客小女孩，將她帶進臥室中。他從女孩背上拿下提琴，接著將女孩放在達夫黎對面的椅子上。女孩僵硬的身體沒辦法好好坐在椅子上，惡魔因此皺眉。

高水小姐說得沒錯。這名女孩的確和其他想殺死達夫黎的見習英雄不一樣。她年紀太小了，十四、最多十五歲。難道教會已經沒有年齡合適的人能派來送死了嗎？

不像一般的刺客帶著許多銳器又綁著許多皮帶，這孩子穿著平民的衣物，四處破損、沾著血跡與塵土。她看起來有點營養不良，眼睛下有重重的黑眼圈。

高水小姐走到他身邊，挑眉看著嘎吱吶試著把女孩塞進座位，但達夫黎的定身咒讓牠無法如願。惡魔低聲抱怨，改爲盡可能地將女孩綁在椅子上。

達夫黎拍手，從僕役間召喚來一名矮小的紅皮惡魔。牠慢跑進房，拿著對牠來說太大的托盤，上面放著本地的佳釀格勒澤酒。達夫黎替自己倒了一杯酒，甘甜的香氣撲鼻而來。

那生物用短促的當地惡魔語說了些話。

「不，」達夫黎回覆，啜飲著酒，「還不行。」

怪物做出不滿的怪臉，接著舉起一個小很多的杯子，達夫黎在裡面倒滿酒。那惡魔搖晃離開，嘗試著邊拿托盤邊喝酒。牠最好不要把格勒澤酒弄掉了。拿惡魔當僕役非常不適合，但做人沒辦法太挑剔，至少牠們很便宜也很好騙。

只要你掌握住，元體在他腦海深處耳語，你就會擁有更多。

嘎吱吶終於退開，兩隻過大的手臂抱在胸前。「就這樣，完成了。」他把女孩的腰部、雙腳還有脖子都綁在椅子上。不過她依然像塊木板般僵硬，因此其他部位只是斜靠在椅子上。

「夠好了，」達夫黎說，「不過我解除定身時你最好還是留在這，以防萬一。」

「你害怕這個小東西？」嘎吱吶不屑地說。

「小東西也能很危險，嘎吱吶，」達夫黎說，「舉例來說，一把小刀。」

「或是你的腦袋，嘎吱吶。」高水小姐補充。

嘎吱吶雙手抱胸瞪著她。「妳想要侮辱我，但我知道妳內心深處很怕我。」

「喔，相信我吧，嘎吱吶，」她說，「你會發現我最害怕的就是笨蛋了。」

他往前進，腳步在地板上發出重重的砰咚聲，身影籠罩高水小姐。「我得到他的靈魂後就會毀滅妳。妳和他一樣越來越弱、越來越懶。帳本和數字？哼！妳上次奪走男人的靈魂是多久以前的事了？」

「我前天晚上試著要奪取你的，」她怒嗆，「但我只找到跟老鼠一樣的靈魂，我早該知道的，考慮到——」

「夠了，」達夫黎說，「你們兩個。」

他們互相瞪視，但不再動作。達夫黎在身前揮舞手指，打量著平民女孩。她已經停止唱歌，但那音調……有種奇妙的力量，在他預料之外。是因爲沼澤有觸碰過她嗎？她毫無疑問是迫近地出身的，來自沃拉森的可能性最大。

他解除定身，那名年輕女子立刻喘著氣、癱軟在椅子上。接著她發抖著環抱自己，就好像感到寒冷——定身咒常會有這種效果。她瞪視他，長長的棕髮遮住了大半的臉孔。嘎吱吶的綁繩鬆垮在一邊，沒派上什麼用場。她的腳依然被綁在椅子上，但沒有限制住她的頭或雙臂。

「下手吧，怪物，」女孩對著他嘶聲說，「別玩弄我了，殺了我吧。」

「妳有什麼偏好嗎？」達夫黎說，「斧頭斬首、活活烤熟？我們有提過惡魔生吞，但我擔心妳太瘦了，可能沒什麼營養。」

「你在嘲笑我。」

「我只是很煩躁。」他起身開始踱步，「你們這些村民有什麼毛病？有那些惡靈啊野獸啊亂七八糟的住在森林裡，你們的生活難道還不夠糟嗎？偏偏還一定要跑來這裡惹我發怒？」

女孩在椅子上縮成一團。

「不要打擾我，」達夫黎說，「這是我唯一的要求。你們只要做好自己的工作就好！就只是確保我有茶喝。」

「還有衣服，」高水小姐讀著她的帳本，「還有食物；偶爾還要稅金，還有家具，還有地毯。」

「嗯，對，好吧，」達夫黎說，「還有**一些些**適合我地位的貢品。但沒那麼糟吧，這關係對雙方來說應該都很有利才對。我有個安靜、與世隔絕的地方可以過生活，你們則得到一個好領主，不會每個滿月都跑出來吸血或吃處女肉。我還以爲在依尼翠這裡，有個基本上忽略你們的領主會是件好事呢！」

「所以沃拉森是哪裡冒犯到您了？」女孩小聲說，「你的襪子太緊了嗎？某顆蘋果裡有蟲嗎？是因爲什麼雞毛蒜皮的小問題，才讓你終於注意到我們？」

「哼，」達夫黎依然在踱步，「我才不在意你們，但你們一直派那些獵人來攻擊我！前兩週已經有多少人來了，高水小姐？四個人？」

「四組人，」她翻閱帳本，「每組平均有三名護教軍或獵人。」

「從我的天花板跳下來，」達夫黎煩躁地揮著手，「或是砸壞我的大門。那兩個拿著三叉戟的雙胞胎敲碎了餐廳的窗戶，其中一面可是骨董玻璃彩繪窗呢。有人在一直告訴他們關於我的訊息，所以他們就一直來殺我。這可眞是非常不方便。我要做什麼才能讓你們這些村民閉嘴？」

「你已經把我們殺光了，」女孩悄聲說，「所以那應該不成問題了。」

「是啦，那不是……」他停止說話，愣在原地，「等等，『把我們殺光了』？」

「幹嘛假裝不知道？」女孩說，「我們都知道你做了什麼。十天前有人看見你殺死我父母，然後你的遊魂殺了那些商人，還有人靠近村莊邊界的人。兩天前是我妹妹，然後，今天……」

她閉上眼睛。

「他們全都不在了，」她耳語，「除了我以外，都成了冰冷的屍體，雙眼無光。在他們發現我妹妹後，我抱起她，她整個人……癱軟在那裡，就像是從穀倉裡拿出的一袋穀子。她是僧侶的學徒，但也像其他人一樣死了。沼澤會得到我們的身體，但它不會饜足，因爲他們的靈魂消失了、被奪走了，就像火焰的熱力被偷走，徒留灰燼。」

達夫黎看向高水小姐，她輕點頭。

「全部人，」高水小姐說，「意思是，沃拉森村裡的**所有人**？」

女孩點頭。

「沃拉森？」達夫黎問，「那裡是不是……」

「供應你灰柳茶的地方？」高水小姐問，「沒錯。」

眞是太棒了。這種茶是他的最愛，有著些許鎮靜的效果。他需要茶，才能在那些記憶太過沉重的日子裡入睡。

「那裡也是裁縫師住的地方，」高水小姐說，「生前住的地方。至少我們有爲此預先做準備。」

「每一個村民？」達夫黎說，轉回頭看向女孩，「一個都不剩？」

她點頭。

「地獄火啊！」他說，「你知道重新補充他們要多久嗎？他們至少要十六年才能生育耶！」

「你還有其他兩個村子，」高水小姐補充，「所以我想還不算太糟。」

「沃拉森是我的最愛。」

「就算是死到臨頭，你也分不出它們之間的差別。但這的確會嚴重影響你的收入，下一季的收支帳目也是，」她做下筆記，「還有，我們沒有茶了。」

「眞是災難。」達夫黎倒回他的椅子上，「女孩，第一起事件是十天前？」

她緩緩點頭。「我的父母。你認識他們，你的衣服是他們做的。但……你已經知道他們死了，是你殺了他們。」

「我當然沒有，」他說，「殺害村民？我親自下手？這工作聽起來很麻煩。我有人……至少是長得有點像人的東西，替我做那種事情。」

達夫黎揉著額頭。難怪最近一直有獵人來煩他，沒什麼事比神祕的領主正在虐待平民還更能吸引見習英雄。

地獄火啊！他應該要隱姓埋名才對。許多年前他搬來依尼翠，最終落腳在迫近地，此處是這個偏遠時空裡最偏遠的地點。在此地，與惡魔交流算不上什麼不得了的事。

他原本是這麼以為的。但……如果消息傳到不對的人那裡怎麼辦？那些主動打聽他下落的人，他們在尋找一名能夠從別人腦中偷取法術的男人。

時間不多了，元體在他腦海深處說，他們會找到你，毀滅你。我們必須養精蓄銳。

我會沒事的。達夫黎回嘴，在腦中對著元體想，我不需要你。

謊言。它回應，我能夠讀你的心。你知道總有一天會再次需要我。

這瞬間，達夫黎聞到煙霧，聽見尖叫；霎時間他站在擁擠的人群之前，受到膜拜。

這些記憶不可思議地眞實。元體能夠愚弄他的感官，但他堅定意志反抗它的觸碰，驅逐這些感受。

「高水小姐。」他說。

「是？」

「幾天前攻擊我們的那名騎士的靈魂還在我們這嗎？我從那個人那裡偷了施在女孩身上的定身咒。」

「你答應要把騎士的靈魂送給惡魔，」她翻閱著帳本，「只要牠們表現良好。」

「那牠們有表現良好嗎？」

「牠們是惡魔，表現當然不會好。」

「那就對了，幫我把靈魂拿來。喔，如果我們有閒置的人頭的話，也順便拿一個過來。」

第五章　塔森妲

塔森妲測試著身上的束縛。繩索很鬆，感覺就連綁在腳上的繩子她也能掙脫，但她敢逃跑嗎？那又能達成什麼結果？

高水小姐向房間外指派命令後，莊主問塔森妲沃拉森村是不是「一個由有洗碗水味的憤怒男管的村子」。那大概是指賀梅格橋的葛特蘭市長？不管如何，這個達夫黎正假裝完全不知道她認識的人、她的雙親、她的全世界發生了什麼事。

他演這一齣的目的是什麼？誰知道怪物腦袋裡的結構是什麼樣子？她想，也許他只是想用不明朗的狀況來折磨我。

她扭動，從繩索裡滑出一隻腳。她該嘗試再攻擊一次嗎？那太傻了。顯然她沒辦法用冰錐這種普通武器傷到達夫黎。也許她該試試看守望之歌？

她決定先養精蓄銳。沒過多久，另一名惡魔進入房間。牠的身型扭曲駝背，大約和她一樣高，五官跟無毛狗的鼻子有點接近。和其他兩名不同，牠的背上突出了一對黑色翅膀，但萎縮、糾結在一起。

惡魔瘸步接近達夫黎，其中一隻手抓著個袋子，另一隻手則拿著一個布包著的物體。

「總算來了，」達夫黎拉來一張小桌子，「就放在這，別里格。」

駝背惡魔將物品放在桌上，布從上滑落，露出一個大玻璃罐，裡面閃耀著光芒。

「太好了。」達夫黎說。

「要猜謎嗎，主人？」惡魔別里格問，牠微笑，露出寬嘴裡過多的牙齒。

「好吧。」

「答案是農夫嗎？」

「不，很可惜。」

「喔，好吧。」別里格嘆氣，從袋子裡拿出另一樣物品——是一名男子的頭，他被揪住頭髮提起。塔森妲立刻感到噁心。人頭的底部被某種金屬片封住保存著。他的皮膚蒼白無血色，但並沒有腐爛。

她嘗到胃酸的滋味，但強迫自己吞嚥並深呼吸。這只是另一具屍體，她今天已經……看過太多了。

達夫黎拿起人頭將其栓在發光的玻璃瓶上，將兩者組合在一起。別里格退到牆邊，趕走了幾隻在那的紅皮惡魔。高水小姐觀察著玻璃罐，一手夾著帳本；嘎吱吶則站在門邊，從皮帶抽出一把刀看著塔森妲。

達夫黎擺弄著玻璃罐，翻動上方的某種機關，並低聲念著聽起來像咒語的語句。他放下罐子，裡面的光芒消退，接著上面的人頭開始顫動。他的嘴唇微動，眼睛緩慢張開看向兩邊。

「你是拼接師？」塔森妲問。

「別侮辱我，小女孩。」達夫黎說。

「是屍鬼牧者？還是……死靈術士？」

達夫黎起立，回過身指著她。「到目前爲止我都很有耐心地對待妳，別測試我。」

塔森妲縮回椅子上。他被自己刺傷似乎只感到很麻煩，但這些話……他卻似乎眞心覺得被侮辱了。

「我是一名馭魔師，」達夫黎說，「一名惡魔學家，一名學者。我的研究需要技巧、努力，還有敏銳度。死靈術是蠢人的魔法，一些自認聰明的失敗屠夫的伎倆，只因爲他們——聰明絕頂地——發現有時候屍體並不是永遠不動的。」他在人頭眼前彈指，吸引他的注意；又前後移動手指，人頭的眼睛也盯著手指看。

「妳有注意過使用死靈術的人是哪種類型嗎？」達夫黎繼續，「那種魔法吸引的是狂人、蠢人和怪人。他們大多都對自己的『邪惡計畫』過於自滿，相信自己自食其力、離經叛道，但單純只因爲他們能面不改色地盯著屍體看而已，更不用說拿屍體當傭人眞是糟透了。前置作業就已經是惡夢，更不要說維護了。還有臭味！這麼多麻煩就只爲了一個比嘎吱吶還笨的僕人！」

嘎吱吶低吼作爲回應。塔森妲將另一隻腳也滑出繩索外。達夫黎沒看見，他正用袋子裡的針筒將某種綠色的液體注射進人頭裡。

「但……」塔森妲忍不住說，「你現在就在操縱屍體。」

「這個？」達夫黎說，「這幾乎稱不上是魔法，只是達成目標的手段。」他完成注射，人頭變得更專注望著他，接著張開嘴。

「你還記得自己的名字嗎？」達夫黎問人頭。

「亞桂斯。」人頭說。

他的嘴巴在動，但聲音聽起來像是從與罐子連接的金屬片發出的。

「瑟班的亞桂斯，」高水小姐讀起她的帳本，「護教軍、教會專職戰士，以及自命的『邪惡獵手』。根據我的來源，他的聲譽十分顯著。」

我遇過他，塔森姮想起，不是這個頭，而是這個人……這個鬼魂。在聽聞她父母的死訊後，他曾在幾天前來到沃拉森。亞桂斯的聲音低沉而有自信，在她的想像中是名高大魁梧的男子。威莉雅對他很著迷，在她……在她……之前。

「我是來殺你的，」人頭緊盯著達夫黎，「莊園之主，你對我做了什麼？」

「只是一點小改造。」達夫黎說，「感覺如何？」

「寒冷，」屍體耳語，「就好像我的靈魂在高山上被凍結，再被鎖入連烈日都會被吞沒的黑暗深處。」

「完美，」達夫黎說，「這代表保存液發揮效用了。」他輕拍人頭的臉頰，「謝謝你讓我從你的腦海裡抽走那個定身咒，在不到半小時前有派上用場。」

「你這個怪物，」人頭悄聲說，「你對我做了令人髮指的行為，既不道德也不公正。」

「技術上來說，」達夫黎說，「我是本地的合法權威，而你的確試圖在我睡眠時謀殺我，所以我覺得我對你做的事既道德又公正，但我們來做個交易吧：回答我幾個問題，我就答應讓你的靈魂離開。」

「我不會幫助你恐嚇跟折磨別人的，妖魔。」

「啊，但看看那邊椅子上的可憐女孩吧，」達夫黎指向塔森妲，「她的整個村都被殺害了！某種神祕的怪物在夜裡從他們身上奪走了靈魂。」

「那發生在白天，」塔森妲低聲說，「而且也不神祕。你知道發生了什麼事，是你幹的。」

人頭盯著她，表情被同情所軟化。「啊，孩子。」人頭以護教軍亞桂斯的聲音對她說。「我嘗試過，但失敗了。所以跟我擔心的一樣？像這樣的怪物永遠不會只滿足於幾起謀殺；只要他渴求鮮血，就會一次又一次地回歸……」

塔森妲打起冷顫。

「有時候我的確很渴，」達夫黎說，「通常我會喝杯上好的紅酒；但在辛苦的一天後，沒有什麼比得上來一杯無辜人民的溫暖鮮血了。」

人頭的眼睛移向他。

「我也用血泡澡，你知道吧，」達夫黎說，「就像故事裡寫的那樣。不論那有多不切實際——那些血塊、還有血漬——沒錯，你怎麼說都行。奇怪的是，你們一直發現我的暗夜惡行。我想知道的是來源，你們是怎麼鎖定我的？」

「修道院裡的人告訴我你的作爲，」亞桂斯說，「他們向我解釋是你奪走了那些靈魂。」

「修道院裡的誰？」達夫黎說。

「院長本人。」

這回應讓達夫黎面色鐵青，嘴唇抿成一線。

「所有人都知道你在做什麼，」亞桂斯說，「你奪走靈魂，只留下軀體。」

「但你們怎麼知道是我做的？」達夫黎說，「我不是本地人，但我才來幾年就知道你們這從來不缺會奪走人命的威脅，爲什麼假定我就是眞凶？」

「我已經告訴你了——」

「我妹妹看見你了，」塔森妲吸引兩人的注意，「十天前她看著你殺了我父母。在那之後，就在你殺了那些往來村莊的商人後，一名僧侶也看見你了。接著你在田野中對威莉雅下手，八成是氣她上次成功逃脫。」

「你沒辦法假裝無辜，怪物，」亞桂斯說，「你的斗篷跟面具就是鐵證。」

「我的……斗篷跟面具。」達夫黎說。

「就是你來村莊時會穿的那一套，」塔森姐說，「我妹妹清楚地看見你了。」

「她看見有人穿著我的斗篷和面具，」達夫黎說，「我平常特地穿著斗篷跟面具就是爲了混淆我的身型，不讓人認出我的眞面目。沒人看見我的臉，沒錯吧？」

嚴格來說，威莉雅只說她看見了斗篷與面具，但大家都知道莊園之主是與惡魔交際的邪惡人士，大家都知道……

她再度看向達夫黎，他的蓬鬆襯衫、小鬍子、紫色領結，還有他奇怪的祕法知識與驚人的無知態度。

「地獄火啊，」他喃喃自語，「有人在模仿我。」

「這很困難，」高水小姐說，「考慮到他們得小睡很多次。」

達夫黎斜眼看她。

「承認吧，達夫，」她說，「要是一名真正的模仿大師才有辦法假裝成你。大部分的人會不小心做出有用的事情，立刻露出馬腳。」

「去確認我的斗篷跟面具。」達夫黎說。

「釋放我，」人頭說，「我回答你的問題了。」

「我並沒有說什麼日期或時間，」達夫黎說，「我只說我會釋放你，早晚會的。」

「強詞奪理！」

「對我來說，詞理才是最重要的一切。」

「但——」

達夫黎扭轉罐子上方某處，人頭立刻垂下，下巴張大，眼珠翻到一邊。人頭下的罐子裡再次充滿亮光。

高水小姐在翻找房間側邊的衣櫃。她拉出一件深黑色的斗篷，底部有著詭異的奇特破碎衣襬，有如被磨耗的怨魂一般。那金色的面具則有如惡魔般，眼眶大而黑暗，皺紋蜿蜒，還有著被剝了皮一般的恐怖嘴部線條。這就是莊園之主在公眾場合的裝扮。

「嗯，」她說，「你的服裝還在這裡，所以假冒者自己複製了一套裝扮。」

「但是爲什麼？」塔森妲問，「誰會有理由模仿你？」

「高水小姐，」達夫黎說，「你記得這幾週來我被襲擊了幾次嗎？」

「四次，」她說，「如果這女孩也算的話，我想就是五次了。」

達夫黎向後倒在椅子上，揉著額頭。「眞是討厭。有人在外面玩得可開心了，卻把錯都推到我身上，我這樣要怎麼做事情？」

「做事？」高水小姐問，「做什麼事？」

「主要是提醒妳去做事情。」他說，「我可不希望妳偷懶。我前幾天爲此寫了一張筆記……」他拍拍口袋，接著伸手進西裝外套裡掏出一張紙，上面被他傷口流出的血給弄髒了。他無言地看向塔森妲。

「你……眞的不是你幹的，是嗎？」塔森妲問，「你沒有滅我的村子。」

「地獄火啊，才沒有。我爲什麼要把供應茶葉給我的村莊毀掉？雖然你們今年的收成晚了。」他盯著塔森妲。

「我們很忙，」她說，「忙著被殺掉。」

「眞是一團亂。」達夫黎說，「我不能允許有人模仿我。高水小姐，派出嘎吱吶還有，嗯，焚米諾去調查是誰做的。還有看看能不能弄來更多村民。也許保證我們頭兩年不會執行任何鞭刑，看看能不能吸引到一些移民？」

「你要派惡魔去調查？」塔森妲問，「你連自己去調查都不肯？」

「太忙了。」他說。

「他必須要進行晚間的小睡。」高水小姐說，「接著是睡前酒，然後去睡覺；接著是晨間的小睡。」

塔森妲張大嘴，盯著靠在椅子上的達夫黎。也許他沒有殺害村莊裡的人們，但有人率領著低語者進行攻擊，她聽見了腳步聲；而且也有人目擊到穿著達夫黎的斗篷與面具的人。

那個殺人犯以及手下的遊魂仍然逍遙法外。而沃拉森並不是此區域唯一的村莊，這裡還有另外兩座，以及修道院裡的居民。數百人依然深陷危險，達夫黎卻連踏出宅院都不肯？

塔森妲感到憤怒再次燃起。也許這個人並沒有親手殺害她的親朋好友，但他自私且無能的統治也一樣要爲他們的死付出責任。塔森妲站起身，掙脫身上的繩索。

一直在留意她的嘎吱吶跨向門邊阻止她逃脫，但塔森妲並沒有要嘗試脫逃。她向前跳，從達夫黎身旁的桌上抄起發亮的罐子，接著不假思索地將其砸碎在地面上，人頭滾向一邊。

罐子裡的靈魂耀光從中漏出，被囚禁的護教軍從折磨中解脫，塔森妲聽見一聲明顯的嘆息。光芒向上浮起，大致形成一名男子的身形。跟塔森妲想像得差不多，他有著寬厚的下巴與高貴的氣息，身著獵人用的破舊外套。

她得承認，外套領子的確是太過火了一點。

謝謝……謝謝妳……一個聲音如同被風吹拂般越過房間。

達夫黎用她無法解讀的表情看著這一切。驚訝？還是因爲她對他的戰利品下手而感到恐慌？

「不管是不是強詞奪理，」她說，「你應該要對自己說的話負責。我確定一名眞正的死靈術士會知道該——」

謝些……謝邪……謝血啊啊啊……

塔森妲猶豫，接著回頭看向鬼魂。與她所想的不同，他不但沒有消散，反而變得更亮了。他的眼睛擴大成黑暗的孔洞，扭曲了整個面孔；手指伸長，臉上出現詭異的歪斜笑容。

「亞桂斯護教軍？」她問。

那東西發動攻擊，剃刀般銳利的手指揮過她的前臂，不過她並沒有因此流血，而是感到一股凍傷般的劇痛。她倒抽一口氣，踉蹌後退，瘋狂的怪物則撲向達夫黎。

嘎吱吶搶在他前頭擋住鬼魂。巨大的惡魔抓住他再將他往後推，就像鬼魂有實體似的。鬼魂發出了一聲憤怒的尖叫，那讓塔森妲雙耳刺痛。她摀住耳痛苦地叫出聲。

這個鬼魂似乎能決定要不要維持實體，雖然一開始嘎吱吶能碰到他，但他現在變得如飄蕩的窗簾般虛幻地浮動著。他一直重複說著扭曲的「謝謝妳」，而且每一次都比上一次更加不對勁。

鬼魂飄向達夫黎，變得黯淡不透明。嘎吱吶從劍鞘中拔劍，其上的微微魔光讓鬼魂猶豫了一下。

接著達夫黎的雙眼出現紅色煙霧，又轉變爲一片血紅。他站起身從掌中射出一道火焰，放出的高熱讓塔森妲忍不住尖叫。鬼魂在烈焰中央被灼燒得發出尖嚎，接著向內萎縮、燃燒殆盡。

火焰在地毯及後方的書櫃上留下一道焦黑的灼痕。塔森妲目瞪口呆，抓著自己的手臂，剛才被揮中的部位仍然感到寒冷。

紅色煙霧從達夫黎眼中消去。他縮了一下，就好像使用魔法會對他自身造成痛苦。他揉揉太陽穴，接著搖頭。「那還眞是刺激，嘎吱吶，謝謝你及時插手。」

「我終究會取走你的靈魂，馭魔師，」嘎吱吶怒道，「我沒有忘記我們之間的契約。」

達夫黎向前，踢著燒焦的地毯。「地毯匠也住在妳的村子嗎？」

「沒錯，」塔森妲說，「是格提屈先生和他的家人。」

「該死。」達夫黎說，「女孩，我告訴妳，我可是從一名特別危險的烈焰術士的腦中偷來那個火焰咒的，我一直存著以備緊急狀況發生。」

「那個護教軍……」塔森妲眨眼，「他攻擊我……」

「無縛的鬼魂——你們叫作遊魂——有時會很危險，行爲難以預測。大部分在跟身體分離後就會忘記自己，只留下一絲微弱的記憶殘跡。妳剛剛的行爲既愚蠢又莽撞。」

「我很抱歉。」她將目光從燒焦地毯上移開，手臂緊貼胸前。

「很好，能聽見道歉眞好。」達夫黎朝著她點頭，「高水小姐，看看這女孩能夠告訴妳什麼關於模仿者的訊息，然後把她丟回森林裡。告訴惡魔們如果她再偷跑回來就可以把她吃了。」

「你沒有要確認她的腦海，看看有沒有可以偷取的才能嗎？」高水小姐說。

「她身上都是沼澤的臭味，」達夫黎說，「敬謝不敏，我現在頭已經夠痛了。」

其中一名被叫作別里格的駝背惡魔，抓起塔森妲的手臂領著她走出房門。牠的皮膚意外柔軟。

塔森妲抵抗，試著掙脫惡魔的抓握。「等等，」她說，「我的提琴！」

在他們身後，一名惡魔正在彈奏那把樂器。達夫黎反手一揮，惡魔慌忙上前將提琴交給他。

「我……」塔森妲說，「拜託，這是我僅存的東西了。」

「這是把好樂器，」達夫黎說，「也許賣掉能換一張好地毯，但只要妳跟高水小姐乖乖合作，告訴她有關模仿者的一切資訊，我就把它還給妳。妳有親眼看見那套面具跟斗篷嗎？」

「沒有，」塔森妲洩氣地說，「我……在白天看不見。沼澤的祝福同時也詛咒了我，作爲給予我歌曲的代價……」

達夫黎嘆氣，接著做出逐客的手勢。

別里格將塔森妲拖向門口。「來吧，」惡魔說，「來吧。來，我告訴妳一個謎語，那很有趣的，來吧。」

她多抵抗了一下別里格出乎意料溫柔的催促，終於在高水小姐加入他們時放棄。她……她接下來的命運會如何？今晚她三次從死亡中逃脫，低語者，沼澤，莊園之主。

「妳沒看見模仿者，」高水小姐拿著一枝黑筆抵著帳本一邊走動，「那妳看見了什麼？」

「只有屍體，」塔森妲說，「很多屍體。我應該要是其中之一的，我不該活著的……」

「他們的皮膚有失去顏色嗎？」達夫黎從他的位子上問，依舊把玩著她的提琴，「在他們被奪魂後，皮膚是變得蒼白，還是死灰？」

塔森妲停在門邊，惡魔們並沒有強迫她前進。

「他們看起來就跟活著時一樣，」塔森妲回答，「只有嘴唇周邊發藍。他們的四肢會奇怪地僵硬數小時，然後才變得癱軟。」

「直接靈魂虹吸造成的活動僵直，」達夫黎心不在焉地說，「大概是某個新手死靈術士在收割靈魂。嗯，這還不算太糟。如果高水小姐能找到那些靈魂，我們大概能在屍體腐爛前恢復他們，這樣我就不用去郵購一整個村子了。」

塔森妲感到一陣**電擊**流過全身。他剛剛是說……

「**恢復他們**？」塔森妲問，「是**讓他們復活**的意思嗎？」

「或許吧，」他說，「我得看過屍體才能確定。但從描述上來看，這種狀態也許是可逆的，而這肯定比以傳統方式培育平民來得簡單多了。」

「但肯定沒那麼有趣。」高水小姐補充，「來吧，別再打擾凱恩大人了。」

惡魔別里格拉著塔森妲的手臂。塔森妲內心某個她以爲已經死去的區域，又再次活動了起來。

讓他們復活，他能夠**讓大家復活**？

「還有多久？」她說，「我們還有多少時間？」

「妳怎麼還在這？」達夫黎問。

「還有多久？」

嘎吱吶邁步向前，推開高水小姐，拔劍指向塔森妲。

於是塔森妲開始唱歌。

她原本打算先小聲吟唱，但那股希望、那股**溫暖**從她體內噴薄而出，形成純淨有力的單一音符。這是守望之歌的第一個音，如同晨鐘般迴響。

房間裡的所有惡魔痛苦大喊，形成尖銳刺耳的合音。別里格嗚咽出聲，高水小姐則將雙手摀住耳朵向後退。就連七呎高、有著恐怖雙角的嘎吱吶也蹣跚搖晃。

還在達夫黎手中的提琴也開始發出相同的音符，那音調有如質問般毫不留情。達夫黎放開樂器，接著歪頭看著提琴飄浮在他面前。這有時會發生，她的鼓也曾做過類似的事。

她繼續歌唱，每個音符都比前一個更響亮。三隻惡魔都已蹲下身，雙手抱頭痛苦呻吟著。然而達夫黎只用一隻手指推開了飄浮的樂器，俐落起身。

這首歌無法影響達夫黎，他……他眞的是人類。守望之歌就跟其他許多保護魔法一樣，對人類不起作用。

達夫黎走向塔森妲，她讓自己的歌消散而去。她的提琴緩緩降到達夫黎座位旁的地板上。三隻惡魔則癱軟在地，眾多惡魔的哀號仍在其他房間裡迴盪。

「沼澤的保護咒，」達夫黎說，「很棒的演示。顯然妳很恐懼村子裡的人離妳而去，這就是爲什麼妳還活著。」

「還有多久？」她問，「我的人還能夠撐多久？如果我能找到他們的靈魂……」

「不一定，」達夫黎說，「最暴力的靈魂收割法會直接殺死對象，通常會在身體上留下傷口，例如胸口爆開那類的戲劇化表現。但妳描述的比較像是非自願性出竅所造成的，這種情況下靈魂是從體內被誘騙而出。這通常會讓身體進入暫時性的震懾沉眠。」

「還有——」

「兩天，也許三天。」達夫黎說，「在那之後，靈魂就沒辦法認出自己的身體了，而且軀體也差不多要開始腐爛了。」

所以她的父母……她的父母眞的走了。他們十天前身亡，身體已被沼澤收回。但她妹妹威莉雅還躺在修道院的石板上，因爲她信奉天使。她還能得救嗎？還有伐木工約安、小阿倫還有維克特……

「你一定要幫幫他們，」她說，「你是他們的領主。」

達夫黎聳聳肩。

「如果你不幫，」塔森妲說，「我就……我……」

「我很想聽聽看妳能做出什麼威脅。」

「我就會讓你再也無法睡午覺。」

「妳會發現我……」他停下，「什麼？」

「我會去瑟班，」塔森妲說，「前往每個教堂，高唱『迫近地的死靈術士』給他們聽。我可不只會唱守望之歌，我還可以唱帶著別種情緒的其他歌曲。我會讓他們恨透你，邪惡的達夫黎．凱恩領主，奪走全村人靈魂的男人。」

「妳才不敢。」

「我會在每一個新人騎士、冒險英雄，還有想出名的獵人面前哭得唏哩嘩啦的。」她威脅，「我會派出無窮無盡自以爲是的勇士來迫近地煩你，多到把橋都塞滿。」

「你知道我可以直接殺了妳吧。」

「我的鬼魂會繼續下去！」塔森妲說，「我會變成哀戚的女鬼。森林中的女孩，全家都被迫近地的達夫黎所屠殺！我會唱民謠，我會派他們來煩你！還有……我會畫地圖給他們。還有你的肖像畫，還有——」

「夠了，女孩。」達夫黎說，「我懷疑妳有足夠的意志力能在變成遊魂後，還能繼續這愚蠢的計畫。」

塔森妲咬住嘴唇。跟他所說的話相反，達夫黎看起來有點擔憂。其實更像是覺得麻煩，但看來這已是她能讓這男人做出的最大反應了。

「你知道他們還是會衝著你來吧？」塔森妲說，「即便你殺了我也一樣。一整座村莊？謠言會傳開的。就算過了幾十年，人們還是會試著來殺你。你說我沒辦法激勵更多人，那大概沒錯，但我根本就不需要。想想看那會有多不方便吧。但只要花一個晚上稍微工作，就能預防這一切，不會花太多力氣的。只要去看看受害者的軀體，還有試著找出是誰奪走了他們的靈魂。」

「孩子，妳的論點奇妙地有說服力。」他嘆氣，「高水小姐？妳還好嗎？」

女惡魔已經站起身，正搖著頭，似乎仍被守望咒力所影響。

「我想還可以吧。」她說。

「那就……準備我的馬車，讓我們去拜訪一下這座村莊。說不定我們還能找到一點忘了上貢的茶葉呢。」

第二部

PART TWO

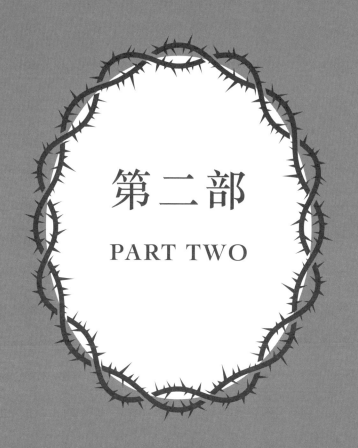

第六章　達夫黎

即便距離這麼遠，當達夫黎的馬車沿著森林植被蔓生的道路前進時，他還是覺得可以聽到沼澤的聲響。

他特地來到這個時空的理由就是因爲多數人都躲著這裡。這裡的大地有種……寒意。在無止境的晚秋與樹木的監視下，還有著更深層的絕望感，就連最鐵石心腸的人到這裡都會動搖。此地有著愛、生活與家庭的人類，常常就只是……淪爲食物。

如果說其他地方是在低語，此地就是在尖叫著；情感與抱負毫不重要。宏觀來看，你繁殖後代後再被當成食物吃掉，遠比你的夢想更重要。

馬車經過凹凸不平的路面時彈跳起來。高水小姐低聲咒罵，接著劃掉她正在帳本上寫的一行字；那名女孩，塔森妲，則緊抱著提琴坐在她身旁。達夫黎假裝勉爲其難才歸還樂器，事實上他根本不知道該拿那東西怎麼辦。他還是比較喜歡寂靜。

道路繞到一處高地，冷冽的月光照亮了樹頂。一群鳥——距離太遠無法分辨品種——被某樣東西驚嚇而起飛。牠們看起來彷彿對月光造成了漣漪，就像河中的魚群一樣，也像月光太過濃厚一般。

在遠處，達夫黎想，就是那個方向，有受詛咒的沼澤。他自稱爲迫近地的領主，但村民只在嘴上效忠於他，他們對宗教也是如此；他們唯一尊敬的只有那個水池，還有住在裡面的東西。

元體在他腦中擾動。

沒有話想對我說嗎？達夫黎想，通常我想到沼澤時，你就會不開心。

元體沒有說話，沒有像平時一樣保證他總有一天會使用它的力量。今晚有點不對勁：消失的村民，沼澤的保護咒，那冷冷的月光……

「所以，」高水小姐繼續對女孩審問。車廂內只有他們三個，他讓嘎吱吶和別里格坐在外面的車夫座位上。「第一批受害者是妳的父母，就在十天前；妳的妹妹逃脫了，跑去修道院。」

「是的，」女孩說，「她……她正在接受訓練，準備成爲教會的護教軍。當她帶著士兵回歸發現我父母時，有人覺得他們一定是中了灰柳毒；農夫們有時會有那種症狀，妳知道的。但他們想不透爲何莊園之主要發動攻擊，然後又對人下毒。接著三天後，有商人也在往修道院的路上被襲擊了。」

「有目擊者嗎？」高水小姐問。

「有名僧侶在遠處看見襲擊過程，」塔森妲說，「他說他看見了莊園之主還有恐怖的綠色鬼魂，從商人們身上拉出靈魂。在那之後，我們開始待在村子附近，而院長承諾會派人前往瑟班尋求指引或協助。」

她接著說：「但有更多人死去，被我們開始稱作『低語者』的亡靈殺害。兩天前，我妹妹在農田裡死亡。奇怪的是，她看起來……不像其他人那麼害怕。至少她的臉沒有僵在恐懼的神情裡，也許她是出奇不意地被攻擊？

總之，最糟的發生在今天稍早。在田地工作的人逃回村莊，說遊魂從森林裡出現，包圍了沃拉森。我的鄰居米莉安叫醒我，因爲我通常都睡到接近黃昏。我坐在蓄水池旁的老位子開始歌唱。」

「在外面？」達夫黎插嘴，「他們把妳當作祭品，整晚獨自留在外頭？」

「我不是祭品，」女孩昂起下巴，「我和我妹妹生來就帶有沼澤的祝福，比任何人所知的都強大。我的歌曲在晚上會保護整個村莊。」

「那不會很難嗎？」高水小姐問，「唱一整晚的歌？」

「通常不用連續唱一整晚，」女孩說，「只要時不時唱一下，再穿插一些哼唱就可以。但……今天……」她別開目光，「歌曲沒有用。低語者們進入村莊，無視我的歌聲。我看不見他們的樣子，但能聽見他們在竊竊私語……」

達夫黎前傾身子，好奇地問：「爲什麼沒人逃跑？大家都只躲在房子裡？怎麼不逃之夭夭就好了？」

「逃跑？」女孩乾笑，「我們能逃去哪裡？在森林裡餓肚子？還是試著連夜趕到瑟班，然後被拒於城外？那邊的商人和僧侶也許會來到迫近地，但他們不會接受一整村難民的。」

「還有修道院啊，」達夫黎說，「那邊很近。」

「有的村民躲進了村裡的教堂，信奉天使的那些人。修道院長在聽到我們的處境後，就派了僧侶來村中以祈禱咒保護我們。但信仰救不了那些躲在教堂裡的人，就跟救不了我妹妹一樣。」

看來塔森妲自己並沒有信奉天使，即便她的手腕上綁著天使的印記。真令人好奇。打從來到迫近地起，他就對此地人民如此堅定地抵抗教會感到不尋常。修道院的僧侶們雖然是一群被誤導的傻瓜，但他們有個寶物能夠安定所有死者，讓那裡沒有遊魂、沒有活屍，沒有恐怖的東西。

教會理當能因此得到許多皈依者，但只有少數村民接受了天使祝福的沉眠；取而代之，他們都留下遺言要讓自己的屍體回歸沼澤。那詛咒的存在早已深深纏住他們的心了。

「我認識前來協助的僧侶，」塔森妲說，「比較年輕的那個叫作艾胥溫，他曾經替我妹妹畫過素描。他們帶著信徒守在教堂裡。我最後才去查看他們，但也只發現屍體。」

達夫黎向後坐，沉思著。在宅院裡，他假定這是某個法外死靈術士幹的好事。但是一整座村莊？還有數名有守護咒語與驅魔天賦的僧侶在防衛？

「也許我們**應該**離開的，」塔森妲看向窗外，「也許我們**應該**逃跑。但你待在安全的大宅裡，不會知道那是什麼感覺。你不知道每天睡前都要祈禱，再放把斧頭在門邊以防萬一是什麼感覺。

我們就是這樣生活的。森林裡總是有陰影潛伏，眼中燃燒著黑暗，露出森森白牙。

我們世世代代住在這裡，相信沼澤會保護我們。這是我們的宿命，在夜裡蹲伏著，祈禱烏雲不會注意到我們……」

馬車行經一座舊橋，再次彈跳，木頭在車輪下喀啦作響。很快地馬車上的燈籠照亮了幾間低矮的房子。雖然房子是成群集中，但加強的外門與厚重的窗欄讓它們顯得各自孤立。

他在街上看見了第一具屍體。一名女人躺臥著，雙手停在驚慌的姿勢，嘗試保護頭部。她的臉像戴著一張恐懼的面具。

嘎吱吶慢下馬車。達夫黎走出車廂進入寂靜的村莊，四周房屋如破碎的蛋殼般空無。他打了個冷顫，判斷此地比森林裡更糟。在森林裡你至少知道自己正被監視著，而此處……正是問題所在。

嘎吱吶從馬車上跳下，身著全套戰鬥裝備。別里格像隻石像鬼般趴伏在馬車頂，短翅在身後拍動。骨特蒙和夜卓司這對兄妹檔是達夫黎最後兩位隨從，這兩名輕裝的夜若企惡魔降落在附近的屋頂上，巨大的雙翼包在身邊。跟嘎吱吶或高水小姐相比，他們長得很不像人類，有著骷髏般的外型與類似山羊的長腿。

就算這村中真的有人**還**活著，大概也會被這些突然出現的惡魔給活活嚇死。高水小姐協助塔森妲下車，接著抽出達夫黎的斗篷與面具，一如往常地拿向他。他通常在公眾場合都會穿著這裝扮。比起他的臉，外時空來的人比較認不出這套裝扮，而「達夫黎・凱恩」當然也是他最近才開始使用的新名字。

他披上斗篷，上面有著他與維克斯惡魔同住時所得到的暗影咒。當衣襬下垂時，斗篷會在空中留下模糊的殘像，就像筆刷畫過的痕跡一般。是有一點太誇張了，但可從來沒人看過會收斂的惡魔。

他將面具放在一邊，在驚嚇女子的屍體旁跪下。他觸摸她的臉，皮膚已經寒冷且僵硬；接著將手伸進她的背底下。太陽約在三小時前落下，襲擊發生的時間就在那之前，但他連一絲溫暖都沒感覺到。即便是在這種涼爽的環境下，人的體溫也不會消散得那麼快。這也排除了灰柳中毒；那可能會造成震懾狀態，但不會造成如此快速的體溫下降。

他點點頭，移動著她臉上的肌肉，接著放下她的一隻手臂。「肯定不是單純的定身咒，例如我早先對妳施展的那種。」他在塔森妲來到身邊時說。他看進死去女子的眼睛深處，接著拿一面鏡子來測試呼吸。「沒有生命跡象，但身後的血跡也很少……不自然的冰冷……沒有用來吸食的穿刺傷……像妳注意到的，嘴唇周圍發藍……肌肉緊繃，但可以移動……」

「所以？」塔森姐問。

「所以，這趟出門完全是浪費時間。」達夫黎起身從高水小姐那接過一條擦手巾，「這和我在宅院做出的結論完全一致。他們的靈魂被抽出，創傷導致身體陷入僵直的癱瘓狀態。」

「我們能做什麼？」

達夫黎將毛巾交回給高水小姐，她收好毛巾後將他的手杖遞給他。那裡面當然藏著一把劍。他環顧四周，看著已成爲陵墓的村莊。

「那取決於是誰或是什麼東西做了這件事。」他擺弄著手杖，「通常死靈術士會想要屍體，所以屍體被留下來代表這不是一般的屍體販子幹的好事。不過有許多死靈術士會製作需要以靈魂爲能源的裝置，而此地也有許多以靈魂爲食的生物。有些攻擊很猛烈，另一些，例如惡魔把這視爲珍饈，只在用契約贏得靈魂之後才慢慢享受。」

「我不覺得這是惡魔做的。」高水小姐將筆記本往回翻了幾頁，「女孩說有許多門仍是上鎖的，她必須破門而入才能搜尋生還者。再來她聽見了這些低語者，卻沒辦法認出他們的語言。」

「低語者可以穿過牆壁，」塔森妲說，「但……有人在控制他們，對吧？」

「是的，」達夫黎說，「就算妳當時沒有聽見腳步聲，我們也能這麼推論。假扮成我來進行誤導、除掉妳妹妹的精準襲擊，還有這場集體襲擊……一定有人在控制這些遊魂。遊魂自身並沒有足夠的意識能夠相互協調執行這些行動。」他用手杖指著，「帶我去被妳打開的其中一間上鎖房子。」

嘎吱吶和別里格加入他們，較小的惡魔提著燈籠；骨特蒙與夜卓司飛上空中負責警戒。牠們全都有權取走達夫黎的靈魂，需要滿足的條件則依個別契約而定。每張契約的內容都不同，但都有一個共通點：他要活得夠久，才有可能滿足條件讓牠們獲得最終的獎勵；如果他提前身亡，牠們就什麼也得不到。

這就是惡魔學的第一定律：確保惡魔的動機與你自身的相符。雖然這概念很單純，但也很容易被忘記。

他們來到一棟窗戶破裂的平凡房屋前。有扇窗戶外的窗板不知為何在襲擊時被打開了，所以塔森姐才能打破窗戶，輕易進入屋內。

一行人進門，在地上發現一家有兩名幼童的年輕家庭，軀體僵在各不相同的驚恐狀態。達夫黎將手杖交給高水小姐，接著對屍體進行跟第一名女子相同的詳盡檢查。在他檢查時，別里格的粗短身子爬上火爐旁的廚檯，開始翻找櫥櫃。牠拋出幾個空罐子，在嗅聞後又回頭繼續翻找。

「就在這裡，主人，」別里格說，「我會找到的。」

他在……找茶葉，達夫黎發覺，要給我的。這隻小惡魔習慣專注在達夫黎說過的某件事上，然後盡最大努力去完成。牠拿出一罐看起來是乾燥大蒜瓣的東西，顯然無法確定那是不是茶葉。高水小姐對牠微微搖頭，牠就把那丟到一邊去。

達夫黎將注意力轉回調查。「他們是沼澤的信奉者嗎？」

「是的。」塔森姐聲音空洞，小心地爲最小的男孩披上毯子。他最多不會超過四歲，恐懼的面容停在尖叫途中，眼睛大張，手上緊抓著安撫用的稻草娃娃。

達夫黎傾向相信塔森姐的描述，她說這些低語者是某種亡靈。但她當時看不見，所以他最好還是親自確認。這間房子確實上了鎖，裡面的屍體提供了足夠的證據。做出這種事的東西的確能夠穿牆。

別里格瘸步靠近，拿著看來很有希望的布包。從味道來判斷，裡面的確曾裝有茶葉。

「對不起，主人。」別里格說，將布包倒拿，強調裡面已空無一物。

「沒關係。」達夫黎站起身，接過高水小姐遞來的布巾擦手。

「猜謎？」別里格問。

「來吧。」

小個子的惡魔皺起臉。「是空氣嗎？」

「不錯的答案。」達夫黎說，「但猜錯了，這不是答案。」

別里格微笑，將布包收入口袋走出屋外。調查期間嘎吱吶站在門外，用手指指身後，派別里格去看守馬匹。矮小的惡魔毫無怨言地聽從命令。

「說老實話，」高水小姐說，「我覺得他根本就不想猜中那個謎題。」

也許她是對的，別里格的忠誠度簡直就是犯罪。

達夫黎回到街上，塔森姐跟在後頭。

「所以，」她問，「現在呢？」

他將手杖指向村莊中央小教堂的黑影，嘎吱吶提著燈籠帶領一行人往那方向前進。

「關於你們身上的沼澤守護咒，妳知道多少？」達夫黎問塔森妲。

「所有迫近地民都被標記了，那是來自沼澤的保護。人們說就是因爲這樣，雖然我們住在很偏遠的地方，卻沒有經常被攻擊。我不是很肯定。我年幼時攻擊似乎滿常發生的，直到我學會唱歌爲止。」她低下頭，「在今天失敗之前，我一直以爲那就足夠了。我的歌曲，以我的視力作爲交換……」

「這詛咒眞令人好奇。」達夫黎說。

「這是種提醒，」塔森妲說，「提醒我欠了沼澤多少，提醒我們因爲沼澤的保護而欠了它多少。」她看進一扇敞開的門，裡面的屍體使她的步伐有點搖晃。

達夫黎不怪他們有這種小迷信。迫近地民們的確有些與眾不同，這就是這起事件中最奇異的部分。

「這些入侵你們鎭上的鬼魂有一點很奇怪。」達夫黎揮舞著他的手杖，「高水小姐，有沒有任何聰敏的惡魔會願意與迫近地民做交易？」

她皺起鼻子。「當然沒有。」

「爲什麼沒有呢？」

「因爲他們已經被占有了，大家都知道。你可以從他們身上聞到。」

嘎吱吶低聲咕噥，接著點頭。「就像我們能夠知道某個靈魂已經跟其他惡魔簽約了，必須要有足夠豐厚的獎勵才值得進行這種交易。」

「謝謝你的讚美。」達夫黎說，「沃拉森小姐，你們靈魂上的標記不太算是守護，比較像是在宣示所有權，是一項聲明。妳的歌也是同樣的效果，那能嚇走野獸與鬼魂，因爲它們知道挑釁沼澤的危險性。殺害你們就好比殺害大領主的忠犬一樣。但早些時候妳的歌沒有效果，這代表……」

塔森妲停在路上，背上背著她的樂器。雖然高水小姐給了她一條手帕清理臉與手，她的平民衣物仍因她手上的刮傷而沾血破損。她對他張大嘴。

「不可能吧，」她說，「你想說是沼澤抓了他們？」

「這是我的第一個理論。」達夫黎說，「還有另一種可能：也許派出這些遊魂的人，力量強到能夠忽略沼澤的占有聲明。但我還是很在意爲何妳的守護咒沒有效用。也許奪走靈魂的東西也是由相同的力量組成的。雖然老鼠會害怕貓的氣味，貓本身卻連聞都不會聞到自己。」

「沼澤**保護**我們，」塔森妲說，「它要求我們在死後獻上靈魂，但除此之外，它會保護我們的安全。它不可能是幕後黑手。」

「也許吧，」達夫黎說，「我總是覺得要將你們的小邪教與實際上沼澤的干涉分別開來很困難。」

「那不是邪教，那只是……這裡事物的法則。」

達夫黎瞥向另一間門敞開的房屋，看見屋內有另一具屍體。他發現自己越來越煩躁。不是因為死亡；生命有始有終，沒必要為了每件消逝而感到動搖。但這些是他的平民，沼澤或其他類似的東西居然敢公然無視他的權威，奪走這些平民。

我們會變得更加更加強大。元體說。它總是潛伏在他的腦海深處。

你在這啊，達夫黎想，你是去睡午覺了嗎？

你還持續爭搶著渺小的力量與權威，元體耳語，你一定知道這是在浪費你的潛能。只要你使用我的力量，用我的能力為你的咒語充能，你就能輕鬆超越這一切。

那正是達夫黎所害怕的。自從他從一名垂死之人的腦中偷來了元體，他就能感應到它的潛能。

很快的，元體說，我們就會脫離這平庸的一切，很快……

他們到達教堂，那只是一座有尖頂的普通木屋。在迫近地這種偏遠地區，不會有華麗的彩繪玻璃窗。這只是一棟滿是座位的單層寬建築而已。教堂內是純然的黑暗，少數幾扇窗戶並沒有透入太多月光。

教堂巨大的大門敞開，內部的門栓被放在一邊。眞奇怪。達夫黎想，將手指放在雕刻過的木頭上，注意了到明顯的刮痕。他也注意到這扇門上原本刻著頭環之印，也就是大天使艾維欣教會的印記。標記看起來在數個月前被刮除了。灰泥覆蓋在原本的位置，上面畫著與拱門上方的石刻印記相同的圖樣。

「這是怎麼了？」他指著印記，「你們爲什麼要移除原本的印記？」

「嗯，」塔森妲說，「在去年的事件之後，修道院長決定……」

「去年的事件？」達夫黎皺起眉頭，「什麼事件？」

「跟天使有關呀。」塔森妲說。

他搖頭，接著瞥向高水小姐。她看起來，臉興味盎然，就連嘎吱吶都抬起一邊眉毛。

「你不是認眞的吧？」高水小姐說，「大天使艾維欣發瘋的那件事啊，大多數天使也一樣。」

「什麼？」他說，「眞的嗎？」

「天使嘗試要殺掉我們，」塔森妲說，「他們爲了我們好，所以決定要滅絕全人類。就連離主教會很遠的我們也聽說這件事了。」

「嗯哼，」達夫黎說，「那聽起來是個大麻煩。」

「喔，達夫，」高水小姐說，「我針對這件事向你簡報了三次呢。」

「我有在聽嗎？」

「顯然沒有。」

塔森妲一臉不可置信地指向天空。「那月亮呢？你沒注意到**月亮**嗎？」

「喔，月亮也想要殺你們嗎？」

「上面的標記呀，」塔森妲說，「**刻在月球表面**的巨大符文？」

他退後看向月亮，接著歪頭。「那不是一直都在那邊嗎？」

塔森妲不可思議地看著他。「你怎麼能這麼精明，卻又同時這麼**無知**？」

「妳問的問題也困擾了我很多年，孩子。」嘎吱吶低聲說，「總有一天，他的靈魂會在我地獄深處的爐火中焚燒，我會在他尖叫求饒時問出他的祕密，然後我就會吞食掉他的靈魂。」

「我則會盡全力讓你消化不良，嘎吱吶。」達夫黎瞇眼看著月亮，「你知道嗎，我喜歡這樣，很有型，與眾不同。」他舉起手在半空中握拳，召喚骨特蒙與夜卓司。

牠們飛過來，安靜地降落在附近的地面上。牠們是同一天被製造出來的，因此以兄妹自稱。但牠們的臉與角實在太扭曲了，以致就算牠們自稱是叉子藝術品的親戚，達夫黎大概也會相信。

「看守城鎮的外圍，」達夫黎告訴牠們，「我不信任今晚。你們其他人進教堂沒問題吧？」

「我不怕天使。」嘎吱吶怒斥。

「而我不在乎，」高水小姐說，「只要裡面沒有任何僧侶或驅魔咒就好。」

夠好了。達夫黎走進教堂。

第七章　塔森妲

塔森妲停在教堂門口，達夫黎與惡魔們散開進行調查。

她很熟悉這裡的聲音，人聲在屋簷下迴盪，小噴泉流瀉出泉水的聲響。在塔森妲出生前不久，修道院長裝設了這座噴泉作爲純潔的象徵，意圖以乾淨的泉水與不潔的沼澤作對比。

塔森妲曾與威莉雅一同來這裡服務，不過她自身並沒有立下祝福永眠的誓言。比起其他奉獻方式，教會最在意的就是這個誓言：允許自身的屍體被安葬在修道院，而非沉沒於沼澤中。

塔森妲走向前講臺與祭壇，其上有放置蠟燭的空洞，兩側有一對長桿。它們上面曾刻有艾維欣的標誌，也就是教會普遍的標誌。塔森妲記得小時候跪在這裡，兩手各握著一只長桿。當時她觸摸著冰冷金屬上澆鑄的黃銅標誌，僧侶們圍著她祈禱，希望能治癒她的症狀。

在修道院長的命令下，艾維欣的標誌已經被移除。顯然，瑟班的所有人現在改信奉另一名天使了。但人眞的能改變信仰嗎？就像換衣服一樣輕鬆？新的信仰比舊的好在哪裡？舊的信仰到底又有問題多久了？

威莉雅並不是唯一一個改爲穿戴無名天使標誌的人。迫近地修道院裡的聖物：息靈石，就是這名神祕的神祇所賜予的。

嘎吱吶在教堂內四處翻動，動作誇張，就好像在盡力證明自己在教堂內有多麼地不爲所動。高水小姐跟在達夫黎身邊，而他正在檢視擋門用的木樑。接著他將注意力轉向窗戶，將窗一扇扇打開，觀察窗框。

塔森妲走向躺臥在陰影中的屍體。嘎吱吶孤單的燈籠讓房間顯得昏暗。大約有兩家人、二十人左右倒在這裡。跟那些相信沼澤的守望之歌而待在自家的人相比，村裡的信徒算是少數。

與他們相伴的還有僧侶們的屍體，總共三名。老葛登瓦菈是村裡的僧侶，威莉雅總是說她很嚴厲。她倒在祭壇上，高舉著已被禁用的艾維欣標記。當危險來臨時，她選擇回歸原本的信仰。

另外兩名僧侶來自修道院，試著在緊急狀況下幫助民眾。塔森妲對他們並不熟悉，不過比較年輕的那一名是艾胥溫——曾替威莉雅畫過素描的僧侶。他的身軀靠在牆邊，雙眼大睜。塔森妲蹲下，撿起他身邊地板上的素描簿，裡面有許多人的素描：僧侶、村民，也有幾張修道院長本人的肖像。

最後一張素描是從牆邊的視角對教堂的速寫。成排的座位，前門大開對著月亮；門口未完成的線條迅速畫出有著扭曲臉孔的透明人影。陰森的畫像讓她想起早先在達夫黎的宅邸中所見過，扭曲、轉化成恐怖遊魂的護教軍鬼魂。

她打了個冷顫，看著這張恐怖的素描，筆觸粗糙，但又引人注目。她能夠想像僧侶擠在牆邊，在祈禱與保護咒失效時狂亂地作畫。她將素描簿拿到房間前部，達夫黎與高水小姐又再次在這研究前門。

「這是什麼？」達夫黎走近，從她手上接過素描簿。「太暗了。嘎吱吶，你能把房裡的燈籠都點起來嗎？我連你長得多醜都看不清楚了。」

嘎吱吶低吼，但開始照著做。達夫黎將素描簿迎向光，接著點頭。「很合理。」

「什麼很合理？」塔森妲說。

「高水小姐，」達夫黎將素描簿還給塔森妲，「妳怎麼看這個狀況？」

「教堂的保護咒至少撐了一小段時間，」高水小姐指著門，「門窗上都有刮痕，看起來很像遊魂嘗試闖入造成的爪痕。如果他們能像進入其他民宅一樣穿牆而過，就不會這麼做了。」

「非常好。」達夫黎說，「沃拉森小姐，這是非常有說服力的證據。」

「證據？」塔森妲問，「什麼的證據？」

「至少在一開始，低語者並沒辦法進入教堂，僧侶的力量是足以阻擋他們的。」

塔森妲再次看著遊魂聚集在教堂門口的圖畫。「你先前說我的歌之所以無法影響遊魂，有可能是因爲他們太強大了，但是如果教堂的保護咒能夠阻擋他們……」

「某個強大到能完全忽視沼澤的存在，卻反而會被這些僧侶的保護咒給阻止？我很懷疑。」達夫黎說，「話是這麼說，我們卻有證據顯示修道院能夠隔絕沼澤的影響。例如，修道院能夠保留所有安葬在那裡的靈魂。

低語者不受妳的歌影響，卻能被僧侶們阻止，因此我認爲他們來自沼澤的可能性越來越高。事實上，妳聽見在低語的鬼魂很有可能就是你們村莊裡的人。」

他漫步過房間，手杖敲在教堂的地面上。

塔森妲趕在他身後。「**什麼？**」她質問，「你是什麼意思？」

「攻擊事件起初是慢慢發生的。」達夫黎說，「一開始，只有兩人——也就是妳的父母——在前往沼澤途中遇害。接著人數變多，頻率也加快，直到最後才對村莊總攻擊。爲什麼最初幾次襲擊間隔這麼久，後來才加速進行大規模攻擊？

我懷疑那是因爲這些『低語者』正是我們所尋找的鬼魂，也就是脫離了肉體的村民靈魂。鬼魂有能力進行奪取，只要先有數隻遊魂，就能派他們去蒐集更多靈魂。這種乘倍效應會讓他們的數量快速增長，組成大型的集團來進行更大膽的攻擊。」

塔森妲愣在原地，因這個理論而震驚不已。但以某種扭曲的角度來說，這有點道理。她妹妹的臉……她並沒有在被殺害時露出驚恐的表情。會不會是因爲她認得朝她而來的遊魂？那該不會是……她的父母？

「高水小姐，」達夫黎說，「還有一些問題待解決。看來有人在協助沼澤，她聽見的腳步聲就是證據。我們應該能因此找出教堂是怎麼被攻破的，畢竟這裡的保護咒一度是有效的。」

「吸血鬼？」高水小姐猜測。

「猜得好。」

「但是答錯了？」她問。達夫黎微笑。

「等等，」塔森妲說，「為什麼會提到吸血鬼？」

「大門是從內側開啟的，」高水小姐手指著，「木樑是被主動移開的，並沒有強迫闖入的跡象。妳的素描也證明了鬼魂是從門口進來的。所以是有人讓他們進來的，這就是為什麼我猜是吸血鬼。這種怪物能夠控制屋內某人的心靈，命令他們打開門。」

「光是門被打開，鬼魂就能夠進入被咒語保護的教堂嗎？」

「我不確定。」高水小姐皺眉。

「除此之外，迫近地民能夠被控制心靈嗎？」達夫黎問，「妳有試過探入他們的腦子嗎？我告訴妳，那可不是什麼舒服的事情。沼澤的觸碰是很強大的。」

「所以……」塔森妲問，「到底發生了什麼事？」

「去檢查僧侶的屍體。」達夫黎手揮向地上的屍體。

「我看過了。」塔森妲說。

「那這次看得仔細點，沃拉森小姐。」

她皺眉，但還是走過去蹲在年輕僧侶旁邊。她觀察他，接著怯生生地將屍體翻過身。他並不是眞的死了，她告訴自己，他只是睡著了。我會拯救威莉雅，也會救他的。

他的軀體和其他人的並沒有什麼區別。她移向來自修道院的老僧侶，他趴在地上，頭轉向一邊，表情同樣僵硬空洞。塔森妲將他翻身。

然後發現他的胸口被刺了一刀。

她驚叫鬆開手，不過高水小姐接住了屍體，並將他完全翻了過來。他是被刀刺殺的，塔森妲怎麼會沒注意到？

地上幾乎沒有血跡，她想，血跡沾汙了他的前袍，但並沒有在身子下流成血灘。

「當他的靈魂被奪走後，身體就和其他人一樣凍住了。」高水小姐說，「該死，達夫，你怎麼知道的？」

莊園之主經過屍體，看似志得意滿地翻找起祭壇。

「這代表了什麼？」塔森妲問。

「有人刺了他，中斷他的祈禱，」高水小姐說，「接著同一個人打開大門讓低語者進入。村子裡有叛徒。」

「沒錯。」達夫黎說，「妳知道當他們一開始封住門時，裡面確切有哪些人嗎？」

「不，」塔森妲說，「那時候很混亂，而且我還看不見。我的視力要直到黃昏後才會恢復。」

「也許值得找人清點一下村子，」他說，「我們才能知道有誰失蹤了。也許明早，我們能委託修道院的僧侶來進行這項工作。除非……塔森妲小姐，妳的妹妹已死，因此我們沒辦法詢問她，但妳說有名僧侶指認了我。妳知道是他是誰嗎？」

「埃德溫，」塔森妲說，「一個年輕男子。他偶然遇見你……或是某個假扮成你的人……在攻擊本地的商人。那是第一次有人回報遊魂涉入這起事件……」

她停下話。那是她父母身亡後的第一起事件，而埃德溫回報見到了兩隻遊魂。在達夫黎挑明後，一切都變得很明顯。那兩隻遊魂就是……曾經是她的父母。

這項事實帶來的恐怖感瞬間壓垮了她。她在被刺殺的僧侶旁癱軟在地，周遭滿是屍體。她的父母、妹妹、村莊裡的人，全都被抓走、腐化，被迫回來奪走他們所愛之人的靈魂。而達夫黎說沼澤有涉入這件事？它基於某種理由**希望**這發生？

塔森妲一直靠著專注讓自己堅持下去。一開始是專注在向莊園之主報仇，接著專注在拯救她的妹妹。但如果她停下腳步，眞的去回想情況有多糟……

她是村莊最後的守護者了，但她不過是名青少年，而且完全不知道自己在做什麼。如果她要抵抗的對象是沼澤怎麼辦？如果她的天賦沒有用處，她又是誰？

她緊抱自己，頭一次希望有人能對她歌唱，就像她在夜裡對威莉雅唱歌那樣。她眞希望能夠聽見喜悅之歌。隨著時間經過，她似乎一點一點地忘記了……

「孩子，那名僧侶，」達夫黎的聲音不尋常地溫柔，「妳對他有什麼了解？」

「不……不太清楚，」塔森妲搖晃身子，「他是迫近地民，不過有去琵班接受訓練。你該不會覺得他有嫌疑吧？」

「他們可能會爲了一名僧侶而打開教堂大門。」達夫黎說。

「那樣就解釋得通了，」高水小姐說。「看上去是有人通過了大門，然後刺殺正在祈禱的僧侶，讓遊魂大舉入侵。」

「我還不會下最後的定論，」達夫黎依然翻弄著祭壇，「我還沒有堅實的理論能解釋爲何一名僧侶會與沼澤合作。就算假說是正確的，我甚至不知道爲何沼澤要殺害它的信徒。」

「那……我們接下來要做什麼？」塔森妲問。她眨眨眼，試著重新喚回專注。她現在不能想太多，否則就會被壓垮。

他們**沒有**死，威莉雅**沒有**死。專注在這點上。

「我們需要可以對付遊魂的魔法，」達夫黎說，「我最希望的是有能夠追蹤他們的咒語。有時候如果你能孤立一隻遊魂，然後給他看他生前很熟悉的物品——例如他的謀生工具——他的狀態會暫時恢復，至少能夠回答幾個問題。我們也會需要一些能夠穩住或錨定他們形態的魔法，強迫他們保持實體，好讓我們能實際抵抗他們。」

「你有這些魔法嗎？」她問。

「沒有，」達夫黎說，「嚴格來說，我本身沒什麼天賦。」

「但是——」

「我只能向其他人借用魔法，沃拉森小姐。」達夫黎說，「我只是名謙遜的乞丐，人民的僕役。」

正在點亮燈籠的嘎吱吶嗤笑一聲。房內仍然沒有很明亮。

「許多人，」達夫黎繼續說，「都有著些微的天賦，魔法訣竅、信念靈氣，或是一些練習過的巫術。但他們應用自身祝福的方法太平庸了，我所做的只是稍微幫助他們。」

「他的做法，」高水小姐補充，「就是伸進對方的腦海裡扯出他們的魔法能力，留待所需時使用。」

「那太糟了！」塔森妲說。

「沒那麼誇張，」達夫黎說，「我也會和對方感到類似的痛苦，尤其是如果我偷法術的目標是名自認正直的人。而且我動作後，他們的天賦很快就會恢復，所以沒什麼影響吧？啊哈！」

他突然站起身，高舉一件物品。

「什麼？」塔森妲問，「是線索嗎？」

「比那更好，」他將罐子轉過來，「僧侶存了一些灰柳茶。」

他扭開罐子，接著垮下臉。

「是空的？」塔森妲問。

「你們這些平民最近幾週真的是有夠懶惰，」他說，「對啦，對啦，有遊魂在追殺你們什麼的，但說真的……」

屋外響起撲騰聲，接著一個陰影出現在教堂門口。那兩名會飛的惡魔的其中一名——塔森妲分不清牠們誰是誰——手持長矛鑽進教堂，以粗啞的聲音說：「主人，有些提著燈籠的騎士正在接近城鎮。」

「什麼？」達夫黎說，「在晚上這個時間？」

「他們一見到我們就朝我們射箭。」惡魔舉起一只扭曲的十字弓箭矢，「骨特蒙被射中腿，現在降落在附近的住家屋頂恢復，但騎士們直直朝這個方向來了。他們看起來像是惡魔獵人。」

達夫黎發出又長又刻意的嘆氣聲，接著瞪塔森妲一眼。

「你可**不能**把這怪到我頭上。」她說。

「我想怪到誰頭上都可以。」他怒道，「夜卓司，去找別里格和馬車，看牠能不能搶先趕到這——」

一支十字弓的箭矢**擊中**夜卓司身旁的木門，四周開始響起喊叫聲。

「又或許，」達夫黎說，「就把大門堵上吧。」

第八章　塔森妲

塔森妲慌忙後退，同時嘎吱吶怒吼一聲用力甩上門。在夜卓司的幫忙下，嘎吱吶用門木卡住大門，高大的橡木大門因而震動。嘎吱吶接著解下背上的小圓盾，從劍鞘中抽出彎曲的長劍。夜卓司站在牠身邊，將長槍握在身前，雙翼伸展後收起至放鬆的姿態。

高水小姐從正門旁的小窗向外看；此處的開口狹長，玻璃也很厚。

「這還眞是新體驗，」她說，「我從來沒當過防守教堂的這一方。」

達夫黎加入她，塔森妲也跟上，但窗戶太窄，她無法看得很清楚。

「灰石領主！」一名女子在外面大喊，「別假意躲藏了！我們的斥候看見你在這可憐的村莊裡檢視自己的邪惡成果。你的贖罪之時已經到來，你再也不能恐嚇迫近地了！以大天使席嘉妲與淨軍之名，出來接受審判吧！」

「灰石，」高水小姐說，「這個假名是……」

「……我拜訪修道院時使用的。」達夫黎的表情變得陰沉，「看來去找她談話是越來越必要了。妳能數數外面有多少人嗎？」

「至少有一打，」高水小姐說，「跟他們戰鬥應該不會太困難，除非他們有帶強力的魔法來。」

「跟他們戰鬥？」塔森妲踮著腳尖試著從高水小姐的肩膀向外看，「我們不用戰鬥，讓我跟他們說說話。只要我解釋你們沒有攻擊我的村子，他們應該就會幫我們拯救村民了。」

達夫黎和高水小姐交換眼神。

「她眞是個小甜心，」高水小姐說，「看她的幻想破滅會很有趣。」

塔森妲臉紅。

「我沒那麼天眞，但外面那些是好人，英雄，我們**肯定**能跟他們溝通的。」

「這世上沒有好人這種東西，」達夫黎說，「只有動機跟反應。」窗外亮起強烈的紅光。「啊！他們帶了一個烈焰術士來，那可能會派上用場。還有快找掩護。」

他轉身跑向附近的座位，以驚人的敏捷度跳過座椅。高水小姐跟了上去，塔森妲愣了一下才奔跑。

大門爆炸。

衝擊波讓塔森妲撞上一張木椅。燃燒的木片噴飛越過整間房間，煙霧瀰漫。嘎吱吶紋絲不動地承受住爆發，牠的盾牌擋住了一些碎片。

士兵們擁進房裡。他們穿戴著教會的新紋章——形狀像是蒼鷺的頭；穿著純白的戰袍，腰間綁著寬皮帶。嘎吱吶與夜卓司立刻上前迎戰，雖然數量差距很大，但與惡魔相比人類顯得很矮小。

達夫黎拍掉衣服上的木屑，接著坐在小噴泉旁的坐椅上——那裡能夠看見整場戰鬥——接著他**蹺起腳**來。

塔森妲趕向他，耳朵因爲剛才的爆炸隆隆作響。

「你不做些什麼嗎？例如，像對我一樣定住他們？」

「那個咒語已經消退了。」他說，「在插手前我得先偷些新的咒語。」

屋外傳來落地聲，另一名飛行惡魔骨特蒙降落在士兵背後並發動攻擊。靠近門邊的士兵們大喊，轉身應敵。大部分的士兵都穿著相似的制服，但顯然他們的指揮官是那名穿滾銀邊外套的黑長髮女子。她繞到惡魔的側邊，手握長劍等待著空檔。

在她身邊，一名穿著皮衣的男子背後背著一個大容器，裡面透出深紅色的光芒。塔森妲從沒看過類似的物品，那還帶有管線，沿著男人的手臂延伸到手掌前。他就是烈焰術士？

我得做些什麼來阻止這一切。塔森妲想。與此同時嘎吱吶用盾牌將一名士兵掃到一邊，接著砍倒另一名不幸的女人，當場殺了她。但惡魔的身側也被長槍刺中，讓牠痛苦大叫。

「停！」塔森妲大喊，但她的聲音被淹沒於騷亂中，「停下來，聽我解釋！」

長髮女子瞥了她一眼，接著伸手指向她。「解決他的奴隸。」

一名士兵衝向塔森妲。她向後退幾步，感到緊張。「聽我說，」她說，「這不是達夫黎大人做的。我們正在試著找出真相，請聽我──」

士兵向塔森妲揮劍，她趕緊逃開，爬過一排座位。「拜託，」她說，「**聽我說**。」

男人繞過座位。一具屍體從附近滾過，是被其中一名惡魔丟過來的。整座教堂裡迴響著惡魔低吼、人類喊叫，與金屬相擊的刺耳聲響。他們打鬥時完全沒有留意地上的村民屍體，除非偶爾被他們絆倒。這太瘋狂了！

士兵再次撲向塔森妲，不過她動作較快，繼續躲在座位間。士兵停在走道上，接著向一側伸出手，光芒聚集於其上。塔森妲一愣，擔心起來。是魔法？

男人突然尖叫，手上的光芒消失，他跪下痛苦地抱著頭。

「啊！」達夫黎說，「眞有趣。」

塔森妲望向他，注意到紅色的煙霧從他眼中散去。她回望向那名士兵。達夫黎……偷走了他的魔法和技能嗎？從他的腦海中？

她退到達夫黎的座位附近。

「你拿到什麼？」高水小姐正在問。

「一個召喚咒。」他說，「不算是特別強力，但是很靈活。能將你最後碰過的武器變回到手上。我猜他正在召喚十字弓來對付沃拉森小姐。」

士兵們再次大喊著後退，因爲夜卓司飛向半空，以她的長矛橫掃。不過三名拿著十字弓的人發射了某種帶著奇怪鏈條的箭矢，意在破壞她的翅膀。夜卓司因此跌回地上，拿著斧頭的人群擁上攻擊她山羊般的長腿。

達夫黎瞇起眼睛，接著指向其中一人，他的目標踉蹌後尖叫，緊抱著頭。骨特蒙攻入其中，以長矛刺穿他的脖子。

塔森妲看向旁邊，縮了一下。

「我們不該這麼做的，」她說，「他們是跟我們**同一邊**的。」

「他們看見惡魔了，孩子，」達夫黎說，「他們現在無法溝通了。」

「他們是**好人**。」他準備回應，塔森妲馬上打斷他，「世界上有好人，我認識很多善良謙虛的人。」

「社會條件與道德動機下的產物。」達夫黎心不在焉地說。他再次出指，另一人因而尖叫。

「有什麼好用的嗎？」高水小姐問。

「不，」達夫黎說，「他們的腦袋跟彎掉的湯匙一樣沒用。」達夫黎看向帶著火焰機器的人，接著指向他。不過似乎沒發生任何事，達夫黎咕噥一聲。

「怎麼了？」高水小姐問。

「他的心智有咒語保護，」達夫黎皺眉，「感覺是特別用來阻擋我的。」

嘎吱吶大吼，牠的背後中了一記攻擊，暗色的血從皮甲上留下。大多數士兵還在房子前端大門與座位間的空曠區域戰鬥著。三名惡魔被包圍住，戰鬥姿態越發絕望。

「牠們受傷了，」塔森妲說，「士兵要殺掉牠們了！」

「沒錯，這正是爲什麼我留著牠們，」達夫黎回應。他起身再次指向穿著烈焰術士裝備的男人，但還是沒有任何事情發生。

「你眞的能從他那裡偷到東西嗎？」塔森妲問，「他看起來是使用機器的樣子。」

「他裝備了遊魂火來增強力量，但他本身有能力控制火，或者點火。」達夫黎說，「我的最好時機會是火焰引燃的那一瞬間……」

「達夫，」高水小姐說，「就在後面，靠近門那邊，你有看見那個留鬍子的男人嗎？」

塔森妲瞇眼，分辨出一名男子進入教堂待在戰線後，接著在前方的地上放下一本巨大的典籍。「那一個叫作骨特蒙，」老人大喊，聲音蓋過喧囂，「長翅膀、腿受傷的那個。他是來自戴銳克深淵的惡魔！靈魂饕客，七王子的劊子手！」

「他們帶了教會的馭魔師來，」達夫黎說，「眞可愛。」

「地獄的，」高水小姐說，「誰快殺掉他。嘎吱吶，插死那個留鬍子的！」

然而嘎吱吶已經快支持不住了。至少一半的士兵已倒下，但牠也傷痕累累。另外兩名惡魔背對背靠在一起揮舞長矛，動作也開始變得遲緩。地板上滿是暗色的血跡。

「那是夜卓司．血隸！」老人大喊，「另一隻有翅膀的惡魔，她也來自戴銳克深淵。火焰對他們有效，加特，典籍裡面很確定！」

這麼多死亡，這麼多痛苦，塔森妲又一次幾乎被壓垮，不確定該怎麼做。她向前一步，發現自己不自覺地哼起歌。也許……也許會有幫助？她唱歌的話？

「妳那麼做會把牠們全都害死。」達夫黎說，「妳的歌曲會癱瘓惡魔，讓士兵能解決牠們。惡魔是沒有靈魂的，一旦被摧毀就一去不復返了。」

塔森妲猶豫。一定有辦法能阻止這一切，一定有什麼方法能讓他們……

一雙手從側邊抓住塔森妲，將她推倒在地，她倒抽一口氣。她太專注在惡魔上了，以至於沒有注意到那名長髮女子正沿著座位偷偷接近。塔森妲感到暈眩，她翻個身，正好看見女子朝著達夫黎伸出雙手；她的雙眼發亮，身前出現藍白色的強光。

達夫黎將高水小姐推開。惡魔獵人爆發出一道微帶藍色的純淨光束，吞沒了達夫黎。

「安息吧，你這個不死怪物！」女人大喊。

光芒消退，達夫黎仍站在那，穿著他的皺襯衫、紫領結還有長斗篷。他眨眨眼，流出一點眼淚。「好吧，那不太舒服。」

女人張大嘴，垂下雙手。

「妳運氣不太好，」他說，「我是單純的人類。」

「那邊！」看書的老人指向高水小姐大喊，她被達夫黎推開而跌倒在一旁。「別忽略了那個裝成清秀女子的惡魔！那是歡愉魔，男人饕客！奈翠司火焰領域中最危險狡詐的惡魔之一！」

塔森妲眨眨眼，坐起身。「歡……**歡愉魔？**」

「喔，地獄的，」高水小姐說，「被他發現了。」

塔森妲身後感到一陣強烈的灼熱感，她趕緊回頭站起身。穿著紅衣的男子終於來到不會誤擊友軍的位置點起了火。他大笑著，從雙手的管子發射出火焰。

夜卓司被殘酷的煉獄怒火給吞沒。當火焰熄滅時，原地只剩下一些骨頭與釦環。骨特蒙痛苦尖叫，聲音與人類驚人地相似。剩餘的士兵們則大聲歡呼。

指揮官回頭面對達夫黎並再次舉起手召喚光芒，就好像要向自己證明這一次的嘗試會有效果。

「我覺得，」達夫黎說，「已經夠了。」

他伸出手指用力戳向指揮的女子。光芒消失，她隨之尖叫跌倒在地。塔森妲又一次注意到達夫黎在偷走女人的能力時也露出痛苦的表情，就好像他也承受了相似的疼痛。

達夫黎對疼痛的適應力比那女人好很多。他將她踢向一邊，高水小姐向前一躍，同時從皮帶抽出一把小刀，解決了那名不幸的女人。達夫黎則朝著其他惡魔的方向前進。

另一名士兵迎向達夫黎，但他彈指，眼中立刻繚繞著紅色煙霧，手杖便突然出現在他手中。

是那個召喚咒，塔森妲邊想邊退後，讓他能召喚武器。達夫黎從祭壇附近召喚了手杖過來，以流暢的動作滑開劍鞘，露出手杖裡修長的細劍。

士兵刺向達夫黎，他並沒有閃躲，而是以鬥劍姿態向前躍，用劍直接刺穿士兵的脖子。男人的攻擊也擊中達夫黎，刺中了他的身側，但達夫黎似乎毫不在意。他從倒地身亡的士兵脖子上拔出劍。

烈焰術士大喊，將他的武器對準達夫黎，不過領主似乎就在等這一刻。正當烈焰術士專注在爲火焰充能時，達夫黎的手指猛然指向那男人。

火焰消失，男人向後踉蹌，就像是被揍了一拳，接著他一臉不解地看著自己的管子。一秒後，達夫黎手中發出的火焰直接蒸發了他，後方一整區的座位也隨之陪葬。

僅剩的三名士兵已經看夠了。他們慌忙從大門逃離，留下血流不止的嘎吱吶與骨特蒙，以及環繞在周邊的屍首。兩名惡魔喘著氣，因負傷而癱軟下來。僅剩的只有帶著典籍的老人，原本還在狂亂翻著書的他緩緩抬頭，發現達夫黎正站在他面前。

教堂安靜下來。除了座位燃燒的劈啪聲外，一片寂靜。達夫黎聳立於老人前，他摩擦手指，一小撮火苗出現在指間。

塔森妲倒抽口氣，接著奔向房前抓住達夫黎的手臂。「不，」她說，「讓他走吧。」

達夫黎沒有回應。他的雙眼充滿紅霧，瞳孔消失。他站在那，自身就像是一名惡魔。

「殺了他能讓你得到什麼？」塔森妲問。

「他說的話讓我損失了一名珍貴的僕人。」達夫黎說，「我只是……對動機做出反應。讓我們來看看你有沒有什麼有用的天賦吧，老傢伙。」

他向前戳出手指，老人抱頭尖叫。這次達夫黎只稍微抽動一下，但他也一直維持在這個狀態，就好像他持續入侵男人的腦海，將疼痛鑽入深處。老人因劇痛而瑟縮。

「拜託，」塔森妲說，「**拜託你**。」

達夫黎看向她，兩人四目相交了一會。他的眼睛充斥著深灰色的雲霧。最後他彈指。

老人倒在地上呻吟著，但痛苦似乎已經暫時緩解。

達夫黎撿起書本交給高水小姐，她已將小刀收回皮帶內。老人努力站起身從大門逃離，達夫黎並沒有阻止。

第九章　塔森妲

塔森妲強迫自己前進，試著不要一直去想先前發生的事。惡魔在教堂前側處理傷口時，她決定去確認僧侶與村民們的軀體。

不過，她還是忍不住看向那些陣亡的士兵，而每一眼都讓她感到不舒服。她已經習慣生活在迫近地要面對的困難，但這些在戰鬥中身亡的男女屍體帶給她一種特別難受的殘酷感。

她今晚還要面對多少恐怖，直到被粉碎殆盡？

繼續前進，幫助那些妳救得了的人。她想著，一邊替鞋匠歐里克翻身，將他安置在他家人身邊。別去想了，如果是其他狀況下，妳都會把惡魔獵人當成英雄……

她緊閉眼睛深呼吸好幾次。她必須繼續前進，她是村莊的保護者，這是她被選中的職責。

她睜開雙眼坐在硬木地板上。就目前看來，剛才的戰鬥並沒有傷害到任何昏死的村民。最危險的是當達夫黎釋放他所偷來的火焰法術時。她用歐里克的斗篷拍熄了附近的火苗。

不遠處，骨特蒙瘸步越過灰燼，一條腿上包著繃帶。瘦高的惡魔跪下，輕輕從黑灰中拿起一樣東西——一顆長角的惡魔顱骨。骨特蒙將灰燼紛飛的顱骨舉到臉邊，喉嚨深處發出低吟。那是一種痛苦而眞切的聲音。牠閉上恐怖的雙眼，頭靠在顱骨上，身體頹然地向前彎曲。

塔森妲幾乎能從那可憐的生物身上看見人性。

「骨特蒙，」達夫黎從教堂前面說，「你的腿傷都從繃帶內滲出血了，傷口比你說得還要深。」

惡魔沒有反應。

「回宅邸去吧，」達夫黎說，「把傷口縫合，警告艮德林有些獵人從我們這逃脫了。他們可能會把宅邸視爲較容易下手的目標，改前往那邊。」

骨特蒙站起身。他依然抱著顱骨，跛著腳安靜離開損壞的教堂。高水小姐在牠經過時將手放在牠的肩膀上，雖然高眺的惡魔並沒有看向她，但動作遲疑了一下。

塔森妲覺得自己就像打擾了某個不屬於她的私密時刻。

骨特蒙最終消失在夜裡，外頭響起的撲翅聲代表牠已離開。達夫黎跨步橫越房間去觀察嘎吱吶的情況。那壯碩、無翼的惡魔正小心地替前臂綁上繃帶。他比骨特蒙受了更多傷，但似乎對自己的傷勢毫不在意。

「別想把我趕走，」他對達夫黎低吼，「我一小時內就會恢復，而且我不會離開你旁邊。你會害自己死掉，破壞我們的契約。」

「哎呀，被你發現我的陰謀了，」達夫黎說，「我一直以來都在計畫自殺，就是爲了要找你的麻煩。」

嘎吱吶低吼，似乎相信他說的是眞話。

「到目前爲止，」達夫黎補充，「你身上散發出的毒氣還不足以逼我自盡，但我是個堅決的人，所以我會另尋他路的。」他轉身面向塔森妲，「妳還需要更多休息時間嗎，沃拉森小姐？」

「我很好。」她說謊，站起身來。

「如果妳眞的很好，就不會在這跟我們作伴了，」達夫黎以手杖指向黑夜，「但我們還是出發吧。死人身上已經沒有新資訊了，至少那些不會說話的死人是如此。」

他們回到夜裡，由高水小姐提著燈籠。達夫黎早先的不情願似乎已完全消失。確實，在他領頭穿越村莊往馬車方向回頭時，他的劍杖在地面有力地敲擊著，讓塔森妲覺得他似乎躍躍欲試。

「現在要去哪裡？」她問他。

「顯然那些人到這裡來之前有去過修道院，」達夫黎說，「其中有些人的心靈被施了保護咒以防禦我的能力。我原本就打算要去拜訪修道院，去詢問那個聲稱有看到我的僧侶，還有跟修道院長會面。她的魔法能力能夠幫助人與鬼魂互動。這些獵人的到來讓我更確定了這項決定。修道院長有很多問題需要好好解釋。」

「你……不會要殺了她吧？」

「我想那就取決於她怎麼回答問題了。」

他在黑夜中慢下腳步，塔森妲困惑地跟上他，直到她看見前方的馬車。更精確地說，是看見馬車旁血肉模糊的身形。可憐的別里格，那名矮小、思考簡單的惡魔被獵人們發現了，大概是在他們攻擊教堂之前。他變形的屍身被釘在附近的門板上，頭被砍下與火光搖曳的燈籠一同放在地面，嘴裡被塞滿了像是大蒜的物體。

達夫黎一語不發，但他緊握住手杖頂，發白的指節顫抖著。

「這，」他柔聲說，「就是妳說的『好人』，沃拉森小姐。拜託天上神明與地底惡魔保佑我別遇上好人。一名壞人會搶走妳的皮包，但所謂的『好人』不將妳的心臟扯出是絕對不會罷休的。」

她退後一步。他的聲音裡並不帶威脅，輕挑的語氣跟平常完全相同，**但是**……

但是。

自從他們碰面到現在，她對他幾乎已毫無畏懼——直到現在。他站在路口，燈籠的光線不知爲何避過了他的臉。此刻他與陰影合爲一體，寒冷到能澆熄一切溫暖。他轉身走向馬車，奇異的斗篷在身後紛飛。幸好，馬車與馬都沒有被偷走。

塔森姐遲疑地跟上，望向別里格的屍首最後一眼。她決定拯救村莊後會再回來埋葬牠。這隻小惡魔一直都很和善地對待她，牠顯然不該遭受如此下場。

牠不該嗎？她爬上馬車時想著，牠是隻惡魔，誰知道牠活著時犯下了多少惡行？

她不知道，但那些獵人們也不知道。也許這就是她感到不自在的原因。但他們又該怎麼做？在擊殺惡魔之前先請他列出自己的罪行？在此地可沒時間做這種事，如果你不迅速出擊，森林裡的怪物在你開口說話前就會先要了你的命。

黑夜讓所有人都成了怪物。

嘎吱吶看起來已經好轉不少。牠爬上駕駛座，坐下時整輛馬車因牠的重量而發出聲響。高水小姐再次坐進馬車內，取出筆記帳本開始書寫，一盞小燈籠掛在頭側提供光源。

塔森妲最後一個爬入馬車，檢查她留在車廂內的提琴。

馬車開始前進，她覺得這股沉默太過壓迫，想找個話題，便脫口說出了第一件想到的事。仔細想想，那實在不是個明智的選擇。

「那個，」她說，「歡愉魔？」

高水小姐暫停書寫，坐在塔森妲身旁的達夫黎輕聲笑。

「妳聽見了，是吧？」高水小姐問。

「他們都是自己爲自己取名的。」達夫黎說，身子傾向塔森妲，「如果妳還沒從『嘎吱吶』這個極具創造性的名稱猜到的話。」

「我那時候很年輕，」高水小姐說，「覺得那聽起來很厲害。」

「對十六歲的男孩來說大概是吧。」達夫黎說。

「正是如此。記住，那時我才剛出生十二天，是你的話又能做多好？」

「淫邪魑，」達夫黎慵懶地說，「肉慾魅。」

「我們能停車嗎？」高水小姐說，「我得去找那個馭魔師，把他的舌頭釘起來。」

「大波妖女——」

「喔，閉嘴，」高水小姐打斷他，「你害小女孩都臉紅了。嘿，你能不能告訴我別里格的謎語答案是什麼？我們惡魔有爲此打賭下注。」

「喔，那個？」達夫黎說，「答案是我在卡柏林看到的某一塊石頭，長得有點像葫蘆。」

「這……莫名到令人失望。」高水小姐說，「他怎麼可能猜得到？」

「他沒辦法，那才是重點。」達夫黎看向塔森妲，她的困惑溢於言表。他接著解釋：「每個惡魔都有和我簽下契約，而第一個達成契約條件的就能夠獲得我的靈魂。舉例來說，只要我能活到六十五歲不死，嘎吱吶就能得到我的靈魂。」

「那很聰明，」高水小姐說，「因爲這讓嘎吱吶有充足的理由去保護他。」

「別里格只要能猜對我出的謎題，就能得到我的靈魂。」達夫黎說，「對牠來說很不幸的是，牠並沒有規定什麼才能算是謎題。」

「我還是覺得牠是故意的，」高水小姐說，「牠在長期服侍同個主人時總是特別開心，讓牠有個目標。」

「那個謎題是，」達夫黎說，「『我現在在想什麼？』」

「這……才不算謎題。」塔森妲說。

「他接受了，」達夫黎說，「因此契約成立。」

「但是這完全沒有線索！」塔森妲說，「連上下文都沒有！答案可以是任何東西，或是根本就沒答案。要是他不小心猜對，你還可以改答案！」

「其他不論，至少他不能那麼做，」高水小姐說，「達夫黎必須將答案寫在契約上，再將其燒掉才會成立。其他召喚出契約的任何人都無法解讀出答案，但一旦別里格猜對了，牠立刻就會知道。話是這麼說，但牠一天只有五次猜謎的機會。而且想當然耳，達夫黎選了一個根本不可能猜對的東西。」她搖搖頭。

「妳賭別里格會猜中，對不對？」達夫黎興味盎然地說，似乎一點都不在意現在討論的是自己靈魂的下場。

「如果別里格眞的猜中了會很好笑，」她回覆，「我會很想看嘎吱吶的反應。你知道嗎，我有點預期你會在六十五歲生日前一天告訴別里格答案，讓嘎吱吶氣到爆炸。」

「啊？」達夫黎壓低聲音，抬頭看向馬車的駕駛座位，「親愛的，即便我眞的活到六十五歲，妳眞的以爲我簽下的契約會讓嘎吱吶得到我的靈魂？」

「我有讀過那張契約，」高水小姐說，「內容滴水不漏，定義非常精準。契約裡有整整兩頁在定義時間、測量，還有年齡！你……」

她停下話，達夫黎向後靠，微笑不語。

「怎麼做的？」她斷聲說，「你是怎麼騙到他的？」

「他能得到我的靈魂，」達夫黎耳語，「只要我能活到六十五歲不死。」

「啊，地獄的……」高水小姐眼睛睜大，「你已經死過一次了，對不對？怎麼做的？」

達夫黎只是繼續微笑。

「契約上那些有關時間與測量的語句，」高水小姐說，「全都是障眼法，對吧？我從來沒發現……地獄火啊！一般人還說我們是惡魔呢。」

塔森妲交替看著兩人，馬車彈跳著越過橋面。多麼奇異的對話啊。

「所以……」她皺著眉說，「高水小姐，妳的條件是什麼？」

「嗯？」她將注意力轉回她的帳本上，「喔，只要我成功誘惑達夫黎，就能得到他的靈魂。」

塔森妲感到一陣驚訝，接著滿臉通紅。她抱緊提琴，看向達夫黎與高水小姐，兩者似乎都對這件事毫不在乎。

「他還滿頑固的，」高水小姐繼續，「我原本以爲能在一天內得到他的靈魂。結果過了四年，我還在這替他算帳。」

「也許我只是不喜歡女人。」達夫黎輕鬆地說。

「拜託，你以爲我有這麼蠢嗎？」她用力在帳本上戳出句號，接著抬頭，「你是完全不同的存在。」

「妳有沒有想過，也許妳沒有自認的那麼有吸引力？」達夫黎說。

「我以同樣的契約條件收獲了許多靈魂，男女都有。」

「他們眞是仁慈，肯可憐妳。」達夫黎說，「眞的，我們應該感謝他們看見妳的內在美，加強了妳的自信心。他們每個人都值得敬佩。」

高水小姐嘆氣，看向塔森妲。「妳有看到我每天得面對的狀況了嗎？」

塔森妲低下頭，試著藏起發紅的臉。

「看你做了什麼好事，」高水小姐對達夫黎說，「教壞可憐的小朋友。」

「妳……」塔森妲說，「妳眞的……我是說……」

「那不是我收獲靈魂的唯一方法，」高水小姐說，「但對過去的我來說很管用。我得承認，到現在那已經有點是我的招牌了。當達夫黎在召喚簽約儀式中提起這條件時，我完全不覺得驚訝。我更有興趣的是，一個已經有靈魂契約的人類居然敢立下另一個契約。不過達夫黎是個特例。他非常有說服力，到了令人生氣的程度。」

「但之前……妳還對自己的名字感到羞恥……」

「因爲那很蠢，但不代表我對自己是什麼樣的人感到羞愧。」她看了達夫黎一眼，「我只是生疏了，我在那蠢銀監獄裡被關太久了。」

「妳可以跟其他惡魔練習妳的魅惑術啊。」達夫黎補充。

「拜託，你有**看過**他們大多數長什麼樣子嗎？」她再次看向塔森妲。塔森妲不敢相信他們居然還在**繼續**這話題。「嘎吱吶已經是長得相對好看的惡魔了。孩子，相信我，他們有的手居然是鉤子呢，**真正的**鐵鉤。」

「我總是在想那一點，」達夫黎說，「感覺很不實用欸。『索恩鈸，你能把那壺人血傳給我嗎？喔等等，我忘了，你沒有大拇指，也沒有其他**手指**。』」

他們終於停止這個話題，高水小姐回去繼續書寫。塔森妲快速看了一眼，發現她正寫下他們在村莊裡的發現。

以人的靈魂所創造的遊魂，回歸攻擊親朋好友，代表他們已經被轉化了。很可能有叛徒殺害了保護教堂的僧侶。檢查村莊裡是否有屍體失蹤？沼澤似乎涉入其中。但確切來說，那到底是什麼？有人（很可能是叛徒）早先時候有親自去村裡。塔森妲聽到腳步聲了，但為什麼不攻擊她？

塔森妲決定不要再問笨問題來打破寂靜。她拉起窗簾看著外面黑暗的森林。

一名花俏的學者曾從瑟班來到迫近地為此處繪製地圖。他曾想把附近的森林命名為

「沃拉森之林」，但村民強迫他將其刪除。森林不是屬於他們的，沒人能夠擁有森林。

「那些士兵不該殺害別里格的，」塔森妲柔聲說，「也許我們人類被獵殺太久，已學會了生存，卻忘了身爲人類是什麼感覺，追求正直與善良。」

達夫黎嗤之以鼻。「『善良』只是一種用來標記那些願意遵守社會規範的人的用詞，與儒夫們同流合汙。綜觀歷史，妳會發現各族群可接受的結構標準有著大幅度的差異。」

「你自己說要偷好人的天賦對你來說比較困難，」塔森妲說，「所以代表了善良是存在的。」

「我說的是從那些自認純粹的人身上汲取天賦對我來說會比較痛苦，完全兩回事。」

「我有認識好人，」塔森妲小聲說，「就在村子裡。」

「那個強迫妳整晚待在戶外的村子？」達夫黎說，「讓一個孩子獨自面對森林裡的怪物？」

「那是我的宿命，」塔森妲說，「沼澤選中了我，我必須遵從自己的命運。」

「命運？」達夫黎說，「妳得學會拋棄這些無稽之談，孩子。你們這些人太相信宿命了。妳必須要選擇自己的道路，決定自己的命運，起身掌握自己的人生！」

「起身？」塔森妲說，「掌握人生？像你一樣獨自坐在大宅裡，偶爾掌握住午睡時光？」

高水小姐忍不住偷笑，達夫黎狠狠瞪了她。他回頭看向塔森妲。

「有時候，一個人所能做出最『榮譽』的行動就是什麼也不做。」

「那根本自相矛盾，」塔森妲說，「你只是想找藉口在其他好人死去時冷眼旁觀罷了。你想假裝這世上根本沒有好人，才不會因爲忽略了他們的苦痛而感到罪惡。你——」

「夠了，孩子。」他說。

她轉身背對他，再次看向窗外。但他確實錯了，她有認識善良的人。她的父母，與他們對製衣的單純喜愛；威莉雅，她決心要學習如何抵抗黑暗，讓任何人都不用再感到懼怕。

無論如何，今晚塔森妲一定會恢復威莉雅以及其他人。

第十章 達夫黎

根據達夫黎的懷錶，他們最終轉向通往修道院的道路時已經快要兩點了。達夫黎預期女孩會在路途中睡著，但她持續盯著樹木以及他們經過時所產生的陰影。

當然，沉默地度過旅途並不代表達夫黎是獨自一人。

我們不能再繼續躲藏了，元體說，我們必須預做準備，以防到時被發現。

你已經這樣說好幾個月了，達夫黎在心中回應，但你看，我們還在這，依舊安全，依然獨自一人。

他們在獵殺你，他們會找到你的藏身地。

那我就再找另一處。

達夫黎可以感覺到元體在他腦中翻動。他聞到煙味，視野開始消散，元體又在玩弄他的感官了。

你難道不記得征服所帶來的榮耀，那股顫慄？它說，你難道不記得那一天的力量？

我記得，達夫黎回覆，鼻中充滿煙味，我理解到自己引起太多注意了。不論我所擁有的力量有多麼耀眼都遠遠不夠。如果我單獨面對那些想要得到你的人，他們肯定能輕易擊敗我。

是的，元體說，是的，這項理解中有著……智慧。

達夫黎歪頭，驅逐元體對他感官的碰觸。什麼？他想著，你同意我現在不該進一步使用你？

是的，元體說，是的。

奇怪，元體通常會希望他汲取它，以真正的方法使用它——作爲他法術的巨型法力存量。有了元體，他能持續使用偷來的能力好幾週。目前他從其他人腦中偷來的法術在使用後只能維持數小時。有的能久一點，有的幾分鐘後就會消失，尤其是如果他在首次使用前已經持有法術一段時間了。

你還沒準備好，元體說，我看清楚了。我正在尋求解決辦法。多重宇宙因你的缺席而沸騰，力量互擊，時空間的界線隨之震顫，最終衝突會找上你。我會讓你準備好好崛起，奪取你應有的地位……

它陷入沉默，而且不對他的刺探做出反應。它在計畫什麼？還是那只是更多虛假的承諾與威脅？

達夫黎因剛才的對話感到涼意，便將注意力轉回手上的任務。他從教堂裡的獵人那偷來了數種能力，但就算是他評估這些能力的當下，還是很難不去注意到它們和元體比起來是多麼地微不足道。

先別管那點了。他從獵人的指揮官那偷來了非常有意思的驅魔咒。那很強勁，但對人類沒有效果，她先前在他身上的嘗試就是證據。他可以用那來驅除魔法生物，例如遊魂甚至是天使，但效果只是暫時的。

當然，火焰法術也很有用。只不過在他用過一次後，法術的威力會逐漸消退，直到完全離開他。他本希望老馭魔師的腦海裡會有些有用的東西，但在他的腦袋裡只找到了書記用的墨水咒，可以讓你想像的文字出現在任何表面上。在戰鬥中派不上什麼用場。不過，他還有那個武器召喚咒；那和火焰法術一樣，會再暫留數個小時。

彈藥不算特別充足，但不是他遇過最糟的情況，而且應該很快就能再加入修道院長的天賦。確實，森林舊路前方透入的光芒代表他們已經接近了。塔森妲在座位上直起身子。她是個堅強的孩子，不過這在迫近地民中不算罕見。他們像石頭一樣堅硬，又像野豬一樣頑固；腦袋也跟牠們差不了多少，不然他們早就該去找別的地方住了。

這麼說的話，達夫黎心不在焉地想，那麼明明上哪都行，卻一時興起決定來這裡住的男人，又能有多聰明？

你不是一時興起來這裡的，元體告訴他，是我刻意引導你來這的。

達夫黎突然感到一陣警戒。他坐直身子，坐在對面的高水小姐因此迅速闔上帳本，提高警覺。

什麼？達夫黎質問，你說什麼？

元體再次沉寂下來，安靜不語。

你才沒有帶我來這裡，達夫黎對它想，我是基於自己的意志來這裡的，為了這個時空的惡魔數量而來。

元體再次一語不發。高水小姐觀察著，試著找出是什麼讓他這麼在意。達夫黎強迫自己露出毫不在意的臉孔。肯定是的……元體肯定只是在嘲弄他而已。

但他可從來沒聽過它說出任何自己不相信為**真**的話語。

馬車慢下速度，接近前方的亮光，那是兩盞罩著玻璃罩的巨大油燈。火焰，前方有文明的普世標誌。

「嘿，那輛馬車！」一個友善的聲音喊。

塔森妲振作起來。「我認識那個人，達夫黎，他叫羅姆，他是——」

「我認識他，」達夫黎說，「謝謝妳。」

高水小姐拉起窗簾，窗外有一名老武僧正接近車廂。

羅姆對達夫黎鞠躬，腳步有點不穩。「原來是莊主本人，達夫黎．灰石領主！我們早該料到會在今晚見到您。」

「在那些獵人被派來找我後，我就非得來拜訪不可了，羅姆。」達夫黎說。

「是啊，我想是這樣沒錯。」羅姆說，看向道路通往的修道院，光芒從那邊的窗戶透出。「不過，那就交給年輕人去擔心了。」他回看向車廂內，向高水小姐點點頭，「男人饕客。」

「羅姆，」她回話，「你看起來很不錯。」

「妳總是這麼說，小姐。」羅姆說，「妳這四十年來一點都沒變，但我可知道我早就變成一片曬了太久太陽的老皮革啦。」

「凡人都會老，羅姆，」她說，「你們天生如此。但比起沒使用過的新皮，我肯定會選四十年來一直很牢靠的皮革。」

老人微笑，露出缺的幾顆牙齒。他看向嘎吱吶。根據車廂頂部發出的擠壓聲，牠肯定是移動了身子，過來盯住老獵人。

「那麼，讓我們帶您進去找院長吧，大人。」羅姆對達夫黎說，「自從我來這告訴她村莊發生什麼事後，她就一直想要找……」他停下，瞇眼看向車廂內，接著嚇了一跳，顯然是第一次注意到座位上的塔森妲。「塔森妲小姐？為什麼，妳說妳會待在我的小屋裡！」

「我很抱歉，羅姆。」

「我在浴室裡發現了她，」達夫黎補充，「眼中充滿復仇欲望，準備以手中的生鏽武器來付諸行動。她刺我時弄壞了一件我最喜歡的襯衫。」

「她做了什麼！」羅姆說。達夫黎原本預期男人會被驚呆，但他反而拍著腿大笑。

「那可眞是勇敢啊，塔森妲小姐！我可以告訴妳那一點用都沒有，但刺傷莊園之主本人？

沼澤一定爲妳感到驕傲！」

「嗯……謝謝你。」她說。

「很高興看到妳還安全，小姐！我本來在告訴院長妳跟我說的事後，就要回去找妳的。但她說這裡需要每一個士兵，就算是像我這樣的老兵也一樣，以防萬一，所以她派我來看守路口。」

羅姆開門打算讓高水小姐下車。通常達夫黎造訪修道院時，她和其他惡魔都會在外面等著，改由一名修行僧或僧侶駕車帶達夫黎進去。但今晚達夫黎阻止她，自己走出車廂。

「達夫？」高水小姐問。

「我希望妳和馬車待在外面，」他說，「如果發生了什麼事，我需要你們迅速跟我會合。」

「你們可以**全部**都進去，」羅姆說，「抱歉，大人。但如果他們想的話是可以進去的。」

「我敢說修道院長會愛死這個主意。」達夫黎說。

「她不是這塊地的主人，」羅姆說，「抱歉，但大天使在上，她的確不是。如果你們在擔心毀滅之光，我不認爲這的小子們有人強到能讓你們害怕。這些日子我自己的能力也不夠燒痛惡魔啦。」

達夫黎看向高水小姐，她搖搖頭。嘎吱吶大概會很享受在聖地裡亂闖還有砸壞幾個祭壇，但達夫黎並沒有問牠。他向塔森妲招手要她同行。年輕女孩慌忙下車，帶著她的提琴。

達夫黎仗著在必要時能以剛到手的咒語來召喚劍杖，因此將其留在原處。「做好準備。」他吩咐嘎吱吶，然後向羅姆點頭。羅姆領著他們朝著修道院的方向前進。

一行人腳下的落葉碎裂，身旁的森林也傳出窸窣聲。應該只是森林裡的動物。住在修道院周圍的動物多得有些不尋常。達夫黎經過沿路燃燒的燈籠，來到一處空地。緩坡的正前方就是沐浴在月光下的修道院。他總是覺得這棟長條形的單層建築看起來很孤獨。

塔森妲回頭看向惡魔們的所在。「我搞不懂，」她小聲對達夫黎說，「羅姆對你的態度很和善，但我同時又覺得我們好像要上戰場一樣。」

「我和修道院的關係……很複雜。」達大黎說，「至於羅姆，就讓他自己來解釋吧。」

「大人？」羅姆從他們前面回頭，「我可說不出什麼重要的話。這些日子我都盡量不去蹚這些渾水了，年輕時做過夠多傻事了。」

「你認識高水小姐。」塔森妲說。

「我花了十年想要摧毀那隻惡魔，」羅姆咕噥一聲，「途中好幾次差點連命都賠上了。我最後學到，絕對不要想去獵殺比自己還聰明的惡魔，專心抓那些笨的就好了。那些也多到能讓獵人忙上一輩子了。」

「我以為你年輕的時候是獵殺狼人呢。」塔森妲說。

「我獵殺所有以人類為獵物的東西，小姐。一開始是惡魔，後來是狼。」他的聲音變小，「再來是天使，那毀了很多比我堅強的人。當一切安頓下來後，我發現自己已經是個老人了，大好年華都泡在及膝的鮮血裡。我想遠離一切所以來到這，試著洗掉一些身上的鮮血，花時間獵殺田裡的雜草就好……」

「你認識一名叫埃德溫的僧侶嗎？」達夫黎問。

「當然，」羅姆說，「積極的小子，很年輕。」

「跟我講講他。」達夫黎刺探。

「他腦袋裡裝滿了正義審判那一套，從大城市中的狂熱者那兒聽來的。他已經走上那條路了。一開始看不出來，但結局只有一種的那條路……」他回望向達夫黎，「我不該再多說了，跟院長談談吧。」

數名修道院的護教軍在東南入口等待他們。他們的皮衣上罩著白袍，臉部籠罩在高領與尖帽的陰影下，眾人瞪著達夫黎。

「帽子不賴。」達夫黎走進修道院時評論。教會的頭飾的確是最好看的。

羅姆領頭走進一條小走廊，達夫黎跟上，斗篷在身後翻騰，拂過兩側的牆壁。修道院是個謙遜的場所，修道院長不偏好裝飾，木頭走廊只單純上了白漆。他們從通向地下墓穴的階梯旁經過，僧侶們聲稱天使賦予的愚蠢聖物就放在那裡面。

達夫黎的路過引起了一些人的注意。有人從門後探出頭來，四處奔走宣告著莊主前來造訪。直到他即將抵達修道院長的門前爲止，都沒有人來打擾他。在他抵達的前一刻，一名僧侶從側邊走廊衝出，擋在他與目的地之間，臉色因疾跑而發紅。

他年紀很輕，頭髮漆黑，但髮線跟兩倍年齡的人一樣高。他沒有穿盔甲，只有一般的教袍，但他立刻抽出長劍指向達夫黎。

「停下腳步，妖魔！」年輕男子說。

達夫黎揚起一邊眉毛，接著看向羅姆。「埃德溫？」

「是的，大人。」羅姆說。

「我不會接受你的恐怖統治，」埃德溫說，「所有人都知道你幹了什麼。一整座村子？你也許能嚇倒其他人，但我的訓練是要爲正義挺身而出。」

達夫黎研究著年輕人，看著他的手開始發光。他們的第一直覺常常是用毀滅之光攻擊他；他們總是很確定他實際上是某種超自然的怪物——而非最自然的怪物，也就是人類。

「埃德溫，」羅姆說，「冷靜點，小子，這樣下去對你沒好處。」

「我不敢相信你居然讓他進來這裡，羅姆。你忘記我們的第一堂課了嗎！別跟怪物對話、別和牠們講道理，還有最重要的，**別邀牠們進門**。」

「你聲稱七天前在路上目擊到我，」達夫黎說，「你說我和兩隻遊魂在攻擊商人。我當時看起來如何？」

「我沒必要回答你！」埃德溫舉高他的劍，燈光沿著劍鋒閃耀。

「你有看見我的面具嗎？」

「我……我看見之前你就逃進森林裡了！」

「我逃走了？**徒步**？我沒有坐馬車？你就那樣讓我離開？」

「你……你和你的遊魂一起消失在森林裡了。我沒看到你的面具，但是斗篷已經很明顯了。而我沒有追上去，是因為要去確認被你害死的人！」

「所以，你告訴所有人你看見了**我**，」達夫黎怒道，「但你**實際上**看到的只是一個穿著斗篷的模糊人影？」

「我……我知道你是什麼德行……」埃德溫開始動搖，「審問官有提過你們這些領主！吸食無辜人民的血肉，尋找沒人保護的村莊來統治，你們就是這片土地上的瘟疫！」

「你主動**找理由**來怪罪我，」達夫黎說，「而這是你找到的第一個機會，蠢男孩。你看到的人影身高多高？」

「我……」他看起來在重新思索他的指控。

達夫黎舉手摩擦指尖，召喚偷來的火焰咒。那股力量依然在他身上，只不過正逐漸減弱。他讓火焰在指間舞動。

埃德溫是在刻意撒謊嗎？他有沒有可能爲了什麼理由殺害塔森妲的雙親，再讓她妹妹逃脫，好讓她能宣告達夫黎就是凶手？他會不會親手殺了商人，再利用那起攻擊讓所有人都懷疑達夫黎？

也許達夫黎能夠讓他嚇出實話。

「羅姆，」達夫黎說，「你該去打點水。我不想不小心把這裡全燒了，還有順便拿支拖把來清理這小子的殘骸。」

「是的，大人。」羅姆說。

他抓住塔森妲的手臂，領著她遠離衝突，朝走廊另一邊離去。

埃德溫臉色發白；但必須得誇獎他，他還敢往前攻擊達夫黎。總的來說，他的姿勢還不錯。但達夫黎的斗篷產生出的殘影足以擾亂任何不是劍術大師的人。男孩的攻擊太偏右了，達夫黎踏向一邊，用他的指甲輕彈劍側。

年輕人回身低吼，再次往前撲。達夫黎則發動了武器召喚咒。這麼做讓他腦海有一點刺痛。眞是個笨咒語，不過那還是發揮效果了，將他最後觸碰到的武器放入他手中。

以現在來說，就是年輕僧侶的劍。

埃德溫一個踉蹌，因爲手上的武器消失而失去平衡。劍隨即出現在達夫黎手中。

達夫黎舉起另一隻手，讓火焰在手指周圍燃燒。「告訴我，孩子，」他說，「你眞的以爲我會**逃離你**？」

年輕僧侶顫抖著踉蹌後退，但依然從皮帶上抽出他的小刀。

「你眞的以爲，」達夫黎繼續，「我會偷偷摸摸奪走靈魂嗎？如果有需要，我就會直接下令要你們交上來！」

他還需要點什麼來增強現狀。也許用他從老馭魔師那偷來的墨水咒？達夫黎使用咒語時只感到很輕微的疼痛，牆面便像湧出墨水般變得漆黑。他讓古代文字從黑暗主體中脫離，沿著地板游向埃德溫。上古烏苟坦文字如暗影般流動著。

年輕的僧侶明顯開始發抖，被爬行的祕法文字逼得節節後退。

「我沒有殺那些人，」達夫黎說，「他們把我服侍得很好。但你的指控造成了不可磨滅的傷害。不管眞凶是誰，他利用了你作爲掩護因而逍遙法外。所以，回答我的問題，**那個人看起來是什麼樣子？**」

「他……他比你矮，」埃德溫低語，「身形也比較瘦，我想，我……我之前很確定那就是你……」他的眼睛睜得更大，看著文字爬向他，「無名天使，原諒我吧！」

他轉身逃走。

達夫黎看著年輕人逃走，放下手解除火焰咒。他沒辦法確定，但直覺告訴他埃德溫並不是祕密犯罪首腦。他在路上看見攻擊事件，也許那起攻擊就是**刻意**為了留下目擊者。確實，攻擊塔森妲雙親，卻放過她妹妹應該也是同樣原因：讓她能逃脫，並將所見告訴其他人。

幕後黑手是不是知道突然的連續失蹤案件會讓謠言四起，吸引獵人前來調查？有可能最初幾次攻擊的目的都是為了嫁禍給達夫黎，替真凶提供掩護。

比我來得矮，達夫黎想，他的身高是五呎十吋，*身形也比較瘦*。這比較沒參考性，因為他身穿斗篷，一般人常以為他比實際上更魁梧。

「你鬧夠了嗎？」一道人聲從他身後質問。

達夫黎轉身，發現修道院長站在她的房門前。她的皮膚皺紋四起，銀色的頭髮在頭頂梳成髮髻。她就像你在閣樓會發現的舊椅子一樣，常識告訴你那肯定一度是全新的，但你無論如何都無法想像那怎麼可能眞的流行過。她身穿簡單的白色衣物，表情一如既往地嚴肅。

「別再威脅我的僧侶了，」她說，「你是來這找我的。如果你一定要奪人靈魂，就來拿我的吧，如果你拿的到的話。」

「妳造成的那些損失，我**會**要妳付出代價的，老女人。」達夫黎說。

他迎上她的目光，兩人對視了一段時間。修行僧與僧侶們聚集在走廊的另一頭圍觀，發出充滿擔憂的竊竊私語。

最終修道院長後退，讓達夫黎進入前方的小房間。他重踏進房，將門踢上，接著把劍丟到一邊。

他隨即癱坐在書桌前的椅子上。「梅林黛，」他對院長怒道，「我們明明說好了。」

第十一章　達夫黎

修道院長閒站在門邊，戳著他在外面牆上生成的墨水字母。那些字母從門上的縫隙滲進了房裡。

「這清得掉嗎？」她問。

「我還眞的不知道，」達夫黎說，「希望妳的修道院裡沒人看得懂烏荷坦文。我選這種字是因爲看起來很嚇人。但說實話，我只有在年輕時學過一點，主要是用來開玩笑。我寫在外面的其實是奶油司康的食譜。」

院長轉身面向他，雙臂交疊。「那是我的位子，灰石。」

「是啊，我知道。」他扭動身子嘗試靠坐在這張沒有坐墊的硬木椅子上，終於找到一個好姿勢。他把腳放在書桌上，讓椅子兩支前腳懸在半空。「要你們這些信教的坐張舒服點的椅子是會死嗎？你們就這麼害怕享樂？」

「我的喜悅，」她坐在書桌對面的椅子上，「來自於其他慰藉。」

「例如打破鄭重發誓的誓言？」

她看向門。「別講那麼大聲。宗教裁判或許已經結束，但餘燼仍在燃燒。埃德溫不是這修道院裡唯一的狂熱信徒；如果有人認爲我跟惡魔或牠們的主人私通，就連我的下屬都有好幾人會直接把我吊死。」

「那也要我沒有先吊死妳。」達夫黎放下腳，起身隔著書桌俯視對面的女人。「我再說一次，我可**不會**輕易放過毀壞契約的人。」

修道院長從桌上拿起一個小杯子舉到嘴邊，啜飲其中溫暖的深色液體。這個蠢女人總是不肯乖乖被威嚇。說老實話，這是他中意她的其中一個原因。

「所以你把所有獵人都殺了？」她問道。

達夫黎嘆氣。「有幾個逃走了，一名老人，還有幾名侍從。」

「這樣啊。」

「我是個有耐心的男人，梅林黛。我無視了那些不時出現的獵人，甚至是上禮拜的那名**神聖武士**……『她一定不知道他們打算襲擊我，』我對自己說，『又或者他們沒有先在修道院停留。』但是一整隊的惡魔獵人，其中幾人的腦海裡還被施了保護咒？我們的協議很清楚，妳應該要勸阻這類隊伍的。」

修道院長低頭看著茶。「你要我在發生了那些事後仍然遵守協議？今天可是有**一整個村子**被殺害了。」

「妳這有一些僧侶很笨，但妳可不是；妳夠了解我，應該知道我沒有涉入其中。所以妳爲何要協助一整群的**刺客**來謀殺我？」

修道院長又啜了一口茶。

「那是沃拉森的灰柳嗎？」達夫黎問，仍站在桌後俯視著她。

「品質最好的，」她說，「沒有比這更能鎮靜神經的東西了。不幸的是，這是我最後一杯了。」

他嘀咕一聲，早猜到了。

「也許，」她終於說，「我希望那些獵人能夠搖醒你，灰石。你的人民在受苦，你卻毫無知覺。我寫信告訴你他們的痛苦與艱辛，收到的回覆卻是喋喋不休的抱怨，說著你的腳趾頭在晚上受寒了。」

「我眞心以爲住在永遠秋日的人織出來的襪子會比較暖。」

「你只有被打擾時才會做出回應。」

「那正是我們的**協議**。」達夫黎越來越煩躁。他跨步經過她，在房間裡踱步。「我不會對迫近地民出手；我不要求除了食物與偶爾貨物之外的貢品！作爲回報，妳要阻止外人來打擾我。」

「人民受苦果然**是種**打擾，是吧？」

「哼，妳覺得**其他人**來當他們的領主會比較好？也許是某位兩面暴君，白天粉碎人民的意志，晚間對著月亮嚎叫？還是妳想回去給馬可夫家的吸血族裔統治，就像我剛來時殺掉的那個一樣？蠢女人。妳應該每天都去告訴人民他們在這的生活有多棒。」

他在小房間深處停下腳步，注意到地上放著一個畫框，面向牆壁。他將畫框挪向自己，發現上面畫著大天使艾維欣。

「我……」梅林黛說，「我**真的**認爲是你做的。直到我剛才聽見你質問埃德溫前，我都認爲你一定就是奪去村民靈魂的幕後黑手。」

他回望向她。

「在商人被攻擊後，我進行了調查。」她說，「我的天賦能夠感應鬼魂，因此發現有遊魂涉入攻擊，與埃德溫所說的一致。這說得通，據我所知，你是森林裡唯一強大到能夠違抗沼澤的存在。我認爲**一定**是你奪走了眾人的靈魂。」

「而妳什麼事都沒做？」

「我當然有做事，」梅林黛說，「我派人前往瑟班的教會，請求他們派出最強的獵人。我特別要求了專精於獵殺惡魔的男女，也警告他們你能夠穿刺心靈。我一直……在擔心你會露出另外一面，此地多數領主們都有的另一面。」

「笨蛋，」達夫黎說，「妳被當成傻瓜耍了。」

「我現在發覺了。」她啜飲著茶，「如果你是我所害怕的那種人，你就會直接毀滅修道院，而非進門來要求解答。但……發生了**什麼事**？」

「我本來覺得可能是埃德溫幹的，」達夫黎說，「昨天下午有人在村裡刺殺了妳的其中一名僧侶。妳的僧侶讓凶手進了教堂，所以他們肯定信任那個人。殺了僧侶的人用的是眞刀，所以一定不是遊魂幹的。」

「哪……哪一個？」

「哪一個遊魂？我怎麼知道？」

「不，灰石，哪一個僧侶？是誰被刺了？」

他皺眉看著她。

修道院長是名堅強的女人，但她現在坐在位子上身體前傾，手握杯子，看起來……很頹喪。是她派僧侶們過去的，他思考，她在想他們是被自己派去送死的。

「我不認識。比較老，有留鬍子的那一個。」

「諾提科。願天使祝福你的靈魂，老友。」她深呼吸，「我不認爲埃德溫是幕後黑手。他有點難以控制，但他的信仰很眞誠。我想，也許我們能允許你打開他的腦海，好讓你能夠確認。」

「我沒辦法讀心，我的能力不是這樣使用的。」達夫黎將大天使的畫再次翻面放回牆角，思考著，「妳其他的僧侶呢？當我還是個年輕會計時，曾經替合夥人檢查帳冊。他們教我們的第一件事就是從動機來尋找盜用公款的人。我們要找的是同時擁有機會與動機的特定人士；突然而來的財務壓力，或是讓生活陷入絕望的重大變故。改變就是危機眞正的催化劑。」

「我沒辦法逐一檢查我的僧侶們，」院長說，「但我不認爲有任何人有動機或是機會這麼做。我們來這裡是爲了救人，不是殺人。我們也絕對不會跟邪靈合作。」

「但妳卻會跟邪惡的人合作？」達夫黎說。

她看著他。「我想，那取決於我們對他還有多少期望。」她搖搖頭，「我想你忽略了這件事的眞凶。顯而易見的解答，我看見了犯案遊魂留下的痕跡，殘留的光芒是病態的綠色。我在這裡住了將近二十年了，一眼就認得出沼澤的碰觸。」

「有人刺殺了僧侶，記得嗎？而且塔森妲也聲稱有聽見腳步聲。有人在控制那些遊魂。」

「那女孩，」修道院長說，「她和她妹妹是個……特例。我讀過歷史紀錄，卻找不到任何與她們的目盲詛咒相似的案例。大約十年前我在迫近地這裡的進展很不錯，引領村民們接受天使之光，結果那兩人開始顯現力量。人們因此再次回歸信奉沼澤，幾乎讓我到這裡來之後做的一切都變成白工。」

「她妹妹被低語者殺了，」達夫黎說，「但塔森妲說他們不肯攻擊她，我在想原因是什麼。」

「答案很明顯，」院長回覆，「因爲我成功說服了威莉雅，她正在接受訓練成爲護教軍。威莉雅背棄了沼澤，它因此殺了她。不過我從來沒有打動塔森妲……」

「我覺得一定有更多原因，」達夫黎說，「我在這團混亂中漏掉了什麼。」

「也許沼澤留下塔森妲是因爲它對她另有安排。」院長說，「你說你認爲有人在控制遊魂，但也許你錯了。或許沼澤能夠直接控制鬼魂，同時也能操縱一兩名活人來達成它的目標。僧侶們有可能會讓大聲求救的落單村民進入教堂。無論如何，沼澤才是此地**真正**的邪惡。」

「但它爲何要殺掉自己的信徒？」達夫黎說。

「邪惡做事時常沒有理由。」

不，他想，*邪惡做事的理由才最明顯*。

他沒說出口，因爲他沒有力氣進行冗長的爭論。但達夫黎覺得沒有道德的人並不難懂，他們通常行爲與動機相符，很容易解讀。難懂的是那些道德人士，他們會不顧自身利益，做出怪異的舉動。

不過，修道院長的說法有其道理。有許多線索都指向沼澤。

「妳知道沼澤是什麼嗎？」他問，「它的眞面目？」

「它是個僞神，」她說，「潛伏在水下吞噬供品的恐怖存在。我被派來此地教導人民正確的信仰，因此在初次前來時曾直面過它。我前往沼澤，並使用能力向內看，在那我發現了某種恐怖、巨大、**古老**的存在。

我當時就知道我無法使用一般的祈禱或守護咒來對抗它，它太強大了。因此我在墓穴之上建造了這座修道院，並一心一意專注於讓迫近地的人民改變信仰。我認爲如果我能阻止他們繼續把靈魂餵給那個怪物，它總有一天會枯竭而死。」

「妳成功讓威莉雅改信了，」達夫黎思考著，「它選中的捍衛者之一，也許是**那**引發了這一切。」

「這……有可能，我無法確定。」她遲疑了一下，「一開始，我以爲你是來研究或控制沼澤的，也許這就是爲何我輕易相信你就是造成這些死亡的元凶。有你這種才能的人會來這麼偏遠的地方定居，感覺並不是巧合。」

「我來到此地之前並不知道沼澤的存在。」達夫黎說。

啊，元體在他腦中開口，但是我知道。

什麼？你知道？

「不論它是什麼，」修道院長說，「它都很飢餓。沼澤吞噬了此地死去的靈魂，就連無名天使特意爲此製作的息靈石都只能勉強抵抗它的影響。」

你對沼澤了解多少？達夫黎問元體，你先前暗示過是你引領我來這裡的，目的是什麼？

力量。元體說，你遲早會知道的……

達夫黎皺眉，接著看向院長。「看來很不幸，我得去和沼澤正面對質了，眞是麻煩。不過，如果我能找到這一切的原因，我相當確定自己能讓靈魂全都回歸到村民身上，或者考慮到現況，至少能夠恢復其中一部分。」

修道院長嚇了一跳，在椅子上轉身望向他所站的地方。他仍然站在房間深處，心不在焉地轉著艾維欣的畫像。

「救活他們？」她問，「有可能嗎？」

「如果有人能做出事情，我就能恢復原狀。」

「我不認爲那句話永遠正確，但只要你肯嘗試就足夠了。你需要我做什麼？」

「這一切結束後，妳一定要前往瑟班，無論如何都要讓那些笨蛋相信我已經死了，或是逃走了，或是飽受屈辱地躲藏起來了。」

「我可以做得更好，」她說，「我會告訴他們是我弄錯了，而你拯救了我們！如果你能復活那些人，我會親自到大教堂前的階梯上大喊！我會說你是名英雄，而且——」

「不。」他丟下畫像朝她走近，俯視著她，「**不**，我絕不能變成特別人物。我只是另一名可憐的小領主，占據著沒人在意的一小片地。只是名不值一提、無足輕重的紈褲子弟，毫無特點，**完全不值得注意**。」

她緩緩點頭。

「現在呢，」他伸出手，「我需要借用妳感應以及錨定鬼魂的天賦。」

「我願意交給你。」她將年邁的手放入他的手心。

「這會很痛，」他警告，「我們……天性不合，而且短時間內妳會無法使用天賦，最久也許一整天吧。」

「就這樣吧。」

他咬緊牙關，接著刺穿她的心靈。他立刻感到疼痛如長矛般刺入他的頭顱。地獄火啊，這女人眞是剛正不阿。他無法看見她的思緒，但他一如既往地被力量所吸引：她體內的能量，閃耀著的能力、威力、**魔力**。

他將力量扯出，難受的感覺讓他瑟縮了一下。這讓他獲得了一道力量充沛的新咒語，能用來追蹤鬼魂，必要時還能迫使他們維持實體。

修道院長癱倒在她的座位上。他扶著她的手臂，避免她滑到地面上。她的確是隻頑強的老獵犬，而且在某種程度上，達夫黎認可她工作的重要性。人們需要可以相信的東西，提供他們安慰，讓他們不被人生的現實給壓垮。

眞相是件危險的東西，最好只留給那些能實際運用的人。

修道院長終於恢復，輕捏他的手臂對他的支撐表達感謝。他點頭轉身離開，腦中的疼痛仍然持續著。

「你終於被激得開始行動了，」她從他身後說，「但看起來依然很不情願。灰石，到底**需要**什麼，才會讓你眞的在意？」

屍體，死亡，記憶。

「別問那個問題，」他說回到走廊上，「這地方還沒準備好面對一個並非只在意下次午睡時間的我。」

第三部

PART THREE

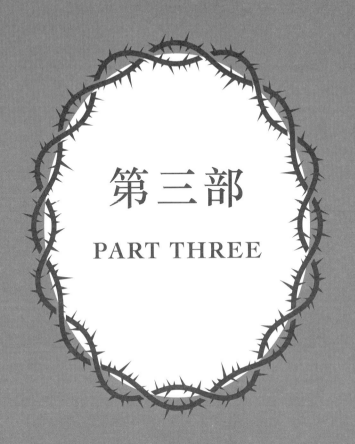

第十二章　塔森妲

塔森妲覺得眾人談起息靈石時，總是有種奇怪的矛盾態度。村民會讚揚無名天使將其賜給迫近地。他們似乎對這件聖物很驕傲，它能使死去信徒的靈魂安息，讓他們不會轉變為遊魂或其他骯髒的怪物。

但息靈石也會阻止靈魂回歸沼澤。因此，雖然大多數迫近地民對天使的祝福感到驕傲，他們卻抗拒皈依教會。塔森妲了解這種感覺。息靈石是神奇的祝福，但就好像在沒車可拉或沒田可耕時收到一頭牛作為贈禮一般，不知何故，這件聖物讓她同時既感激卻又覺得不舒服。

她沒想到他們會把它放在墓穴裡。羅姆領著她走下一道狹窄的螺旋梯，他的燈籠照亮了古老的石階。這裡沒有被風雨侵蝕，而是被無數來往的腳步給磨損。空氣變得寒冷潮溼，他們進入了樹根、蠕蟲與其他盲目之物的領域。他們在樓梯末端並沒有看見門，只有一幅畫著飛行天使的奇妙石壁畫。

羅姆按壓了一處偽裝成天使頭部的突起石塊，讓其沉入石面中。某種古老的機關使門滑開。這算不太上是屏障。只要有足夠的時間，任何人應該都能找到按壓點，但這確實是一種提醒。就算在最神聖的地點，就算是鎮靜靈魂的聖物所在之處，在生者與死者之間隔一道上鎖的門還是比較明智。

他們通過開口進入墓穴，這裡比修道院本身的歷史還要悠久。塔森妲預期會看見骷髏，但她只見到許多狹窄的通道。牆上安著一排排奇怪的石頭，大約有三掌寬。石頭大約是六角形，許多上面都有無名天使的標記。

「沒有骨頭？」在羅姆帶頭向右前進時，她問。

「沒有，」他說，「沒人想把屍體拿來展示，這些人應得的是休息，而不是被觀看。牆上這些石頭可以取下，每個後面都有一道深入牆內的長穴。我們把遺體放在木板上，將他們推進洞，接著封上開口。」

她點頭，沉默地跟著。

「這裡有很多空房，」羅姆說，「不論是誰蓋了這座地下墓穴，他們都預留了很多遺體的位子。但你們這兒的人通常不會選擇好好安葬在這。」

「我們……」她該怎麼回應?他沒說錯。「沼澤是我們的傳統,我很抱歉。」

「你們這兒的人,」他說,「平衡在兩種宗教之間。我想你們想要同時信奉兩者,在僧侶來訪時煩他們,接著又跑去沼澤那獻身。我了解,但我沒立場怪你們。妳可以說我自己也相信兩種神。在我的大半輩子裡,我的主人不是美德,而是獵殺帶來的快感。」

他領著她走過彎曲的隧道,接著將手放在其中一座墓的標記上。揚升之翼,無名天使的標記。塔森妲拿著提琴的那隻手,手腕上纏著同樣的標記。

「我在來這裡之前,」羅姆說,「就聽說過你們的沼澤了,所以我並沒有感到驚訝。但這個無名天使……比起教會的標記,許多在地僧侶寧可帶著她的標記。」

「艾維欣是……曾經是大天使,」塔森妲說,「而她領導著一整隊的天使。這裡是……以前是……她的教會,但她一直都是某個遙遠的神靈。此地的信徒,譬如我妹妹,都比較偏好更私人的天使。」

「妳誤解我了,」羅姆說,「我是覺得她很好。在艾維欣背叛人類後,聽到有其他天使還愛著她的人民……那給了我希望。希望就算像我這樣血跡斑斑的獵人,也能找到平靜。」

基於某種原因，他的嘴唇垮下，但他搖搖頭，繼續領著她走進墓穴中的其中一條岔路。他是對的，這底下空間眞的很大。她一直都想像這裡就只有幾個小墓室，而不是像這樣的隧道網路。最終，他們到達了一間牆邊放著軟墊長椅的小石室。

息靈石本尊就在那裡：一顆像是大鵝蛋的白色石頭，安放在房間中央的臺座上。羅姆關上燈籠的遮蓋，展示出石頭其實會自行發出微光。那是道搖曳的乳白光芒，就像水面的油光一樣；迴旋的光線構成安詳的圖樣，就好像息靈石裡充滿了不同種類的發光液體，不斷循環流動著。

「他們說每當有一名迫近地民皈依教會，它就會變得更亮一點。」羅姆說。

塔森妲屏住呼吸。眞美麗。

「我……我可以摸嗎？」

「最好不要，年輕小姐，」他說，「但妳可以看。來這兒，坐下看看它的圖樣。」

塔森妲的目光無法從流動的色彩上移開，她向後退直到碰到其中一張長椅，接著坐下來，將提琴放在膝上。

「他們總是把新人僧侶派來這看守石頭，當作他們的第一項任務。」羅姆柔聲說，

「我們通常不用守衛它，但在這裡徹夜保持清醒冥想對他們有好處。距離我上次做這項工作已經有段時間了，但我還記得坐在這盯著石頭一整夜，想著它這些年來看過了多少事。

這石頭最初被賜給一名孤獨的僧侶，他把它供奉在一座神龕裡；接著是一座教堂，還有容納死者的地下墓穴。最後修道院長來了，終於建了座像樣的房子。石頭把這一切都看在眼裡，甚至更多事情。也許我不該冒昧，小小姐，但它和沼澤一樣也是你們的傳統。」

塔森妲說：「先前達夫黎大人對我說，我們本地人太常把命運掛在嘴邊了。他說我應該起身選擇自己的道路，而不是相信宿命之類的東西。」

她看向羅姆，息靈石的光芒在他臉上舞動。「妳自己怎麼想？」他問。

「我不知道，」她說，「感覺上我好像永遠都無法自己做決定。我的意思是……如果我照著達夫黎所說的做，那和遵照村裡人的建議又有什麼差別？這不算是獨立，只是選擇被另一個人影響罷了。」

羅姆沉吟一聲，塔森妲繼續看著光芒舞動。她理解羅姆帶她來地底下，是爲了讓她遠離達夫黎與修道院長間的衝突。他沒有去裝水，反而問她想不想來看這顆石頭。

達夫黎……她還記得當他們發現別里格死後，他眼神中的暗影。達夫黎的眼中有著第二種黑暗，那是會吞噬一切活物的虛無，讓殘餘的世界變得和他一樣冰冷……

「羅姆？」她說，「你年輕的時候，有想過那些被你殺死的惡魔嗎？你有因爲造成牠們的痛苦而困擾過嗎？」

「沒有，」羅姆說，「沒有，我年輕時沒想過這種事情。」

「噢。」

「當我年紀變大後，」他說，「天使發瘋的時候？有的，我那時候有想過。我想，難道我的一生就只會充滿殺戮嗎？難道沒有辦法停止嗎？創造一個人不須害怕暗影或聖光的世界？」

「你有……找到答案嗎？」

「沒有，那就是我離開的原因。」他朝上看，接著對她揮手，「來吧，我們去看看樓上被弄成什麼樣子了。」

塔森姮點頭，拾起提琴跟上他。但就在他們離開時，她注意到了某個進門時沒注意到的東西。她太專注在息靈石上了，以至於沒發現這間房間也有壁畫。壁畫雕刻在石壁上，描繪著某個她不知道的故事裡惡魔被擊敗的場景。

「那幅壁畫，」她說，「在惡魔的腳下有類似你之前按過的突起。這裡也有祕密通道嗎？」

「沒錯，」羅姆說，「這底下還有不少類似的機關，大部分都不值一提。後面只是放葬儀用具或垃圾桶的小房間。」

「噢。」

「不過這一個，」他繼續說，「後面是一條隧道，通向墓穴外面的森林。這底下不只有給死者的空間；如果有人攻擊，這裡也能提供掩護。我們可以躲在這底下，再從祕密通道脫離。」

她點頭，思考這項事實。就算是修道院，也需要遭受攻擊時的撤退處，也或許**正因為**是修道院才有其必要。所有建築與村落其實都只是黑暗中的堡壘，每到夜裡就得小心翼翼地深鎖大門。

離開前，她回頭看向虹彩之石最後一眼。奇怪的是她在沃拉森住了一輩子，卻從來沒來這裡看過無名天使的贈禮。

她對妳來說又是什麼人？妳有見過她嗎？也許無名天使在很久以前就消失無蹤是件好事，對威莉雅來說故事已經足夠了。任何能夠對抗黑暗的說詞都會吸引威莉雅，但那對塔森妲來說並不夠。

她趕上羅姆，但在她們繞回樓梯前，她注意到光線從另一條走廊透出。她輕拍羅姆的肩膀，指向那個方向。

「喔，」他說，「那個？只是我們處理遺體、進行下葬準備的地方。」

羅姆繼續前進，她卻僵在原地。處理中的遺體，準備下葬？比如……

塔森妲無法控制自己，轉向那條走廊。羅姆呼叫，但她忽略他。很快的，她踏入另一間小房間。一支搖曳的蠟燭立在成堆的融蠟上，照亮了空間。房間後牆上有著無名天使的浮雕，她舉著息靈石，臉孔藏在雙臂之後。

穿著葬衣的遺體躺在牆邊的木板上，其中一具是留著短髮的年輕女孩。塔森妲搞不懂別人爲什麼會搞混她們兩個。威莉雅比塔森妲精瘦，也更強壯，髮色也更偏金色。威莉雅也是比較漂亮的那一個，即使她們兩人的面孔相同。

羅姆趕上來，注意到屍體。「喔！我眞是個傻瓜，小姐，我早該想到的。」

塔森妲走向威莉雅，一手放下提琴，並用另一手觸碰屍體的臉頰。不，這不是屍體——這只是**身體**。威莉雅的靈魂還在外面，有辦法找回來的。房間裡的另外兩具軀體，約歐與卡莉也一樣。

就算死去，威莉雅看起來還是很堅強。其他人的臉孔都凍結在恐懼的表情下，但她看起來就只像是睡著了。塔森妲用手扶著威莉雅的臉，試著傳遞一些溫暖給昏迷的軀體，就像以前她在漫濕寒夜裡對妹妹歌唱。當時她們都還不知曉自己的能力。

妳必須要選擇自己的道路，決定自己的命運。達夫黎說過。如果你是能力高強的領主，當然能說這種大道理，尤其是你不需要保護村子或家人。也許讓塔森妲坐在蓄水池邊唱歌驅散第一種黑暗的並不是命運，而是某種更強大的東西。

「你們跑來這了嗎？」一個銳利的聲音傳來。達夫黎走進房間，他的斗篷在四周揮舞，就好像是擠過走廊後在伸展身子一樣。

「大人！」羅姆彎腰鞠躬，「修道院長有……我是說……」

「梅林黛與我和平達成了共識，」達夫黎說，「共識的內容就是她承認自己搞錯了，而我同意殺了她會造成太多麻煩。塔森妲，我前來的目的達成了。我打算在臭味滲進衣服前趕快離開。」

她將手從威莉雅的臉頰上移開。能幫上她的最佳方法——唯一的方法——就是跟著這個男人走。

「我們是來看息靈石的，」她跟在他後面，「你覺得那能幫上我們的忙嗎？」

「我以前確認過，」達夫黎回覆，「那不過是個附著阻滯咒的漂亮石頭而已，妳的歌曲比它強上好幾個等級。」

「那是個強大的聖物，」她感覺到強烈的保護欲，「無名天使親自賜給我們的！」

「一名數十年都沒人見過的天使，」他嗤之以鼻，「那個老故事一點道理都沒有。我不知道那顆石頭來自哪裡，但我不覺得是天使給的。爲什麼她要把一個據說非常強大的聖物賜給這個不值一提的小村落？那在人口稠密處能發揮更大的效果。」

「不是所有事都只是數字。」

「當然不是，」達夫黎走向階梯，「重要的是數字加起來的結果。」

他快步爬上階梯。他爲什麼突然這麼急？一開始她幾乎得賄賂他才能讓他展開調查。

塔森妲在後方陪著羅姆，他上樓梯的腳步更加緩慢謹慎，手緊抓著扶手。

「他錯了，」羅姆說，「息靈石的魔法或許不強，但它也不需要很強。它在這庇蔭著信徒的靈魂，咒語簡單不代表它不重要，就像信仰一樣。我不是要說大人的壞話，但像他那麼聰明就會有這類問題。你會太習慣靠自己的腦袋想出解答，當那和現實世界搭不上時，你就會開始找藉口。」

在樓梯頂端，她注意到遠處的走廊上，漆黑的恐怖符號玷汙了純白牆面，文字的形狀讓她都看暈了。難道他在**修道院正中央**召喚了惡魔？

他們抵達外門。「羅姆，」達夫黎說，「謝謝你的服侍。如果我哪天被迫要除掉修道院的所有人，我會最後才殺你的。沃拉森小姐，我們走了。」

他走到外面的火光下。羅姆舉起他的燈籠。「大人，你會需要——」

達夫黎舉起手噴出一道火焰照亮道路，從修道院領地離開。

看到這景象，羅姆嘆氣。「我最好去看看院長。」他告訴塔森妲，「今晚要自己小心點，小姐，危險的黑暗在盯著我們，假不了的。」

她對他點頭致謝，接著追上達夫黎。雖然他似乎不被手中射出的火焰熱力所影響，她的臉卻熱得開始流汗了。

「爲什麼我們突然要這麼趕？」她問，「你發現什麼有用的資訊了嗎？」

「並沒有。」

「那你爲什麼這麼急？」

惡魔們看到他們接近，嘎吱吶讓馬車沿著夜路前進與他們碰頭。

「我，」達夫黎在馬車抵達時宣布，「決定要先小睡一下。」

第十三章　塔森妲

他是說眞的。

黑夜一分一秒流逝，距離塔森妲失去視力的時間也越來越近。在拯救村莊的途中，達夫黎‧凱恩領主大人卻跑去睡覺。

在遠離修道院數哩後，達夫黎將塔森妲與惡魔們踢出馬車、拉下窗擋、裹起斗篷。高水小姐喀一聲關上車門，微笑著搖搖頭。

「我眞不敢相信。」塔森妲說。

「現在是凌晨兩點半，」高水小姐說，「他想要的時候可以成爲強人，但骨子裡仍是個凡人。他需要睡眠，只是他今天的就寢準備被一個拿著利器的小孩給打斷了。」

達夫黎開始在馬車裡輕聲打呼。

嘎吱吶和高水小姐移動到路邊的一處空地，有人在那用石塊堆了一處火坑。這裡大概是前往沼澤的人們經常停靠的地方。或許她也有來過，但她往這個方向去時都是白天，也就是她看不見的時候。

惡魔們拖來一些木材，接著嘎吱吶用手指輕碰一下額頭，在指尖點起一小撮火焰。很快地牠就在火坑裡升起了溫暖的營火。高水小姐將燈籠放在身後，正坐在一塊石頭上翻閱帳本，寫下筆記。

塔森妲在火邊坐下，發覺疲勞也逐漸找上她。她已經很習慣整夜不睡，但……今夜特別長。雖然腦中的思緒使她疲憊不堪，但她不想睡覺——特別是她還獨自與惡魔待在一起，嘎吱吶尤其讓她提防。

不過，即便嘎吱吶有著扭曲的臉孔、突出的雙角以及血紅的雙眼，牠蹲在火邊烤火的樣子卻……很像人。「我從來都不喜歡上界，」牠低聲說，「太冷了，每天晚上都被凍得半死，我不曉得你們人類是怎麼忍受的。」

塔森妲聳肩。「我們沒什麼選擇。不過我想，如果我們真的想去溫暖點的地方，你們會很樂意帶我們過去……」

嘎吱吶微笑。「我不覺得你們會喜歡地獄的烈焰，女孩。像我這樣的低等惡魔經常被迫把收穫上繳給我們的領主。我存在後已經獲得了八名人類的靈魂，但每個都只分到一小點。」

「你有為此感到難受過嗎？同情被你奪去的靈魂？對所作所為感到罪惡？」

「這是我被創造的目的，我在這世界的理由，我為什麼要覺得罪惡？」

「你可以成為其他存在，更好的存在。」

「我不能忽略我的天性，就像妳不能忽略妳的，女孩。」嘎吱吶朝馬車點頭，「他喜歡假裝所有人都能決定自己的道路，但他早晚要為欠下的債付出代價。到時他的『自由』就會像離火的餘燼一樣短暫。」

塔森妲在石頭上移動身子。這些話和她先前對達夫黎說的話有著令人不舒服的雷同。沼澤選中了我，我必須遵從自己的命運……

「妳知道的，」嘎吱吶說。地獄火啊，牠的眼睛真令人不安。雖然高水小姐的眼睛是紅色的，但她至少還有瞳孔；嘎吱吶的眼睛就是一片鮮紅。「就算他自信滿滿，妳還是比他聰明。」

「我……」

「我們可以做個交易，」嘎吱吶繼續，「我必須讓達夫黎再活十六年，但也許我們能找到方法打暈他，把他抓起來。他表現得好像很厲害，但他也只有那些偷來的能力，本身並沒有其他力量。我們能把他關起來，而妳就能成爲莊園女主，本地的統治者。」惡魔起身籠罩著營火。刺眼的火光照亮牠，形成恐怖的長影伸向森林。「我會服侍妳，解決所有質疑妳統治的人。我不會對妳的靈魂出手，我只想要他的。十六年後，我就會離開妳，不玩把戲。」

嘎吱吶靠近，塔森妲在他面前瑟縮身子。她咬住嘴唇，接著開始哼唱。

惡魔因守望之歌而退縮。「妳沒必要這樣做。」嘎吱吶低吼。

塔森妲哼唱得更大聲，提琴琴弦也開始震動。

「嘎吱吶，」高水小姐說，「北邊有些生物的動靜，你該去看看是什麼東西。」

「考慮我的提議吧。」他告訴塔森妲，接著朝高水小姐點點頭，「如果她假裝提出更好的交易，不要理會。她最近幾乎不配被稱作惡魔。」

「而你幾乎不配被稱作智慧生物，」高水小姐說，「但我們可沒有一直拿那來取笑你，對吧？當個好孩子照我說的話做。」

牠小聲低吼，還是走向樹叢中。離開光線後，牠的腳步安靜得讓塔森妲十分驚訝。

即便牠很壯碩，牠的行動卻帶有種危險的優雅。

塔森妲停下她的歌，提琴也靜止下來。「謝謝妳。」她對高水小姐說。

「那首歌也會傷害到我，孩子。」她回覆，「眞可惜，那旋律聽起來很動聽，我想聽妳完整唱首歌，當然是不會毀滅我的那種。」

塔森妲盯著火焰，回想起那些好日子。在威莉雅的鼓勵下，唱出其他歌曲的日子；對田裡的農人唱喜悅之歌，或在母親溫暖的懷抱中唱的歌。那些已經逝去的歌。

塔森妲向前傾，在惡魔升起的火旁暖手。

「妳……同意嘎吱吶嗎？關於天性的說法？」

高水小姐用鉛筆輕拍臉頰。她的眼睛反射著火光，就像在燃燒一樣。

「妳知不知道，」她終於開口，「我是他來到這片大地後所召喚的第一名惡魔？」

塔森妲搖搖頭。

「我們都沒聽過他，也都剛從監牢裡被解放。在那裡面待的時間相對來說並不長，但感覺就像是永恆一樣。被釋放後，我們開始積極跟凡人締結契約。

我以爲這個穿著浮誇衣裳、講話慵懶的花花公子會是個簡單的目標，所以我趕緊簽約，接著用盡全力色誘他。但他只看了我一眼，就叫我去清點前任領主的金庫。接下來的幾天裡，我用盡了各種手段，但每次只要他看見我，就會給我另一項任務。

他會說：『喔，塔莉亞小姐，原來妳在這啊，』就好像那是我的名字一樣，『我正在檢查村莊稅收的收據，看起來有許多都是用貨物來支付的。貨物交易最讓我頭痛了，妳能不能看看這本帳冊有沒有錯誤？』」她搖搖頭，就好像還是無法相信那眞的發生過，「我站在那，看起來魅力四射，他卻直接走過去，還交給我一份列著牲畜價値的清單！」

「那……一定很讓人氣餒，對吧？」塔森妲說，試著不要讓臉太紅。

「那讓人**火冒三丈**。」高水小姐說，「我最終質問他，爲何從眾多惡魔中選了我來做這項工作，召喚**男人饕客**來替他**算帳**？結果妳知道他做了什麼嗎？他拿出了一些紙，是我以前所立下契約的副本。妳知道的，惡魔學家常這麼做，他們會召喚出契約，謄出副本，接著鑽研其中的細節。

他手上有大概十份我的舊契約，而他對那些**讚譽有加**，稱讚我的用詞有多聰明，如何乾淨俐落地誘騙了先前的主人們。對他來說，這些契約才是眞正美麗的存在。」

高水小姐微笑，她看向達夫黎馬車的表情中似乎帶著眞心的愛慕。「他不在意我長什麼樣子，他會特別召喚我是因爲覺得我很適合替他算帳。他是對的，我對契約很在行，而且爲此感到驕傲，這讓我很適合成爲會計。

我對自己的本質或樣貌並不感到羞恥，但……在其他方面被認可的感覺很好。我對自己的這方面感到驕傲，但幾乎所有人都忽略了這一塊，無論是凡人或惡魔。所以不，我不認爲嘎吱吶完全說對了，也許我們都是爲了特定目的而被創造的，但那並不能阻止我們尋找其他的目標。」

塔森妲點點頭，盯著火焰思考著，直到附近森林傳出聲響讓她嚇了一跳。結果只是嘎吱吶重踩著腳步回到火光之下。

「報喪女妖，」牠說，大拇指指向肩後，「跟事件應該沒關係。我把牠嚇走了，但我們可能還是要叫醒達大黎。」

「再讓他睡幾分鐘吧，」高水小姐說，「吸收修道院長的咒語會很痛苦，而且如果他想對抗沼澤就得充分休息。」

「妳確定，」嘎吱吶說，「他是召喚妳來當情人，不是當**老媽**？」

「我很幸運，至少你已經占了寵物狗的位子。」

塔森妲因爲他們的互相侮辱而瑟縮，幸好在嘎吱吶替火堆添柴後，兩名惡魔便陷入沉默。牠們看起來並不是太擔心森林中的怪物，例如報喪女妖；但話說回來，也沒人說得準惡魔會害怕什麼東西。

坐在這卻沒有音樂，感覺實在不對勁。雖然她在一盞孤燈下獨自度過了許多夜晚，但每晚她都會彈奏守望之歌的各種變奏。

她在保護家人時首次得到了這首歌，無須學習——就那樣發生了。這首歌是她本能的一部分。這難道還不夠證明她的命運嗎？她存在的意義不就是爲了唱這首歌？

歌曲……一個聲音似乎在她心中低語，還有更多……

最終，塔森妲舉起提琴，彈奏起輕柔的旋律。那並不是守望之歌，而是某首更哀傷、更肅穆的曲子。嘎吱吶在她開始歌唱時望向她，但這個旋律似乎不會排斥牠們。這是首她從未唱過的歌，卻正適合此時此刻。

她閉上眼睛，讓自己融入音樂中。這個狀態下，歌曲有如透過她傳出來的，她的靈魂就像樂器，提琴則僅是個擴音器罷了。歌曲讓琴弦自行振動起來，時間、空間與自我全都合爲一體。

她歌唱著失去。關於死亡，關於時間流逝；關於看著村莊興衰的亙古森林，信仰耀眼燃燒後隨之殞落；孩童成長爲老者，接著在世代流轉中被遺忘；無數的火焰燃盡成灰。關於一名女孩被迫停下她的喜悅樂音，改爲只在夜晚歌唱。

這首歌從她內心向外擴張，而提琴並不是唯一的接收端。樹木的枝椏振動著，石塊也在低鳴，馬車的震動則是安靜的節拍。她的歌透過所有可能的管道迴響，就像風與月一般超出她的控制。

但旋律漸漸地……改變了，逐漸變爲她曾經知道的那首歌：她妹妹喜愛的那一首。塔森伸向它，卻發現……一片空無。

她緩緩停下，歌曲的殘片在她腦中迴盪。她嘆氣，接著抬起頭。惡魔們對她瞠目結舌。高水小姐的帳本從手中掉落在地，卻渾然未覺；嘎吱吶盯著她，張大嘴巴。

「發生什麼事了？」高水小姐問，「我覺得我在飛……」

「我……」嘎吱吶低語，「我跪在晨爐的熔岩池中，而火焰……火焰正在熄滅……」

牠摸摸自己，接著四處張望，就好像很驚訝地發現自己竟身在森林裡。

馬車的門被用力打開，達夫黎匆忙爬出，斗篷仍留在原處。

他走向塔森妲，雙眼睜大。接著他抓住她的雙肩，她不禁向後縮。

「那是什麼？」他質問，「妳做了什麼？」

「我……只是……在唱歌……」

「那才不是單純的保護咒。」他說。她看見他的眼中充滿藍白色的煙霧。「妳到底是什麼？」

有東西撞上塔森妲的心靈，是一股強大無比的力量。她感覺到有雙手伸入她的腦海深處，抓住她的靈魂。她感到——

不。

音樂在她體內鼓脹，讓她喊叫出聲。她發出一道閃光如火花在夜空中四散，接著將達夫黎從她身邊擊飛。他飛了十呎後撞上馬車，發出一聲悶響。木屑隨之紛飛，隨後落在森林地面上。

嘎吱吶站起身，手伸向他的劍；但先出手的是高水小姐，她冰冷的匕首抵在塔森妲的喉嚨上。

「妳做了什麼?」惡魔女人斷聲說。

「我……」塔森妲囁嚅著,「我不……」

達夫黎扭動。他緩緩地爬起身,搖搖頭。襯衫上黏滿了樹葉。

塔森妲坐在原地感到驚慌,脖子上還架著一把刀。

達夫黎站起來拍掉身上的髒汙,接著伸展身子。「哎呦,」他看向馬車,「高水小姐,我想我剛才用頭把木板撞出一個凹洞了。」

「毫不意外,」她回答,「我一直都很清楚,這兩者誰比較硬。」

她並沒有把刀子從塔森妲的脖子旁移開。

嘎吱吶遲了一步地抽出劍。「嗯……我該殺了她嗎?」

「我想結局會是我看著她的魔法將你四分五裂。」達夫黎說,「你對我還有用,所以不用那麼做。」

達夫黎走向塔森妲。她實在太緊張,很確定自己的心跳用力到會害她不小心撞上高水小姐的刀子。

達夫黎對旁邊微微點頭,高水小姐抽走匕首,讓其消失在腰帶上的刀鞘內。她撿起帳本，好像一切從未發生過。

然而，達夫黎卻跪在塔森妲面前。「妳對妳腦中潛伏著的東西有任何了解嗎？」

「歌曲。」塔森妲說，「你想要偷走它們！你想要像對那些獵人一樣搶走我的能力！」

「就算花了這麼大功夫，」達夫黎彈指，暗綠色的煙霧充斥在他眼中；一道微光閃過，在他手上形成一面發出綠光的能量護盾。「我偷到的也只是一個單純的保護咒，跟我一開始預期妳所擁有的一樣。但在我觸碰它時，我在那後面感覺到了其他東西，更深層、更龐大的東西。」他看著塔森妲，讓護盾消失。「我重複一次，妳對那東西有任何了解嗎？」

她搖搖頭。

「那東西有對妳說過話嗎？」他問。

「當然沒有，」她說，「除非……除非你把歌曲也算進去。它們好像是透過我傳出來的。」

他皺眉，接著起身走回馬車。

「達夫黎？」塔森妲問，也站起身。

「我不記得有允許妳直呼我的名字，女孩。」

「我不記得有允許你伸入我的腦海。」

他停下腳步，接著回頭看。高水小姐在一旁輕笑。

「你知道那是什麼嗎？」塔森妲問，「那個你說在我腦海裡感應到的東西？」

他爬上馬車。「來吧，是時候該去拜訪你們的沼澤了。」

第十四章　達夫黎

達夫黎只用過一次元體的力量。

那是五年前的事了。當時的他已經很習慣自己的能力了——包含他能在不同時空間穿移的奇異能力。他花了很多年四處探索旅行，學習多重宇宙究竟有多麼廣大。他曾受人奴役，又得以報仇雪恨。最後他成爲了與惡魔交涉的專家，終於理解到自己有多麼特別。

是時候讓自己登上王座了，他這麼決定。最後他在軍隊與信念的絕望衝突中苦苦掙扎著，終於讓他鬆開限制，使用了元體的力量。

在前往沼澤的路上，他讓元體掌控了他的五感。他看見的不是車廂內部，而是自己站在屍橫遍野的大地上。衣著鮮紅的男女成堆地倒臥在地，中間夾雜著身穿黑金戰袍的屍首是他的護衛。旗幟在風中撲騰，發出可悲的聲響；空氣中飄著刺鼻的煙味，卻無法完全掩蓋惡臭的血腥味。

敵人揮軍前來擊潰他的守軍。因此即便他還沒準備好接受後果，在絕望中他仍使用了力量。

我能給你一切，元體許諾著，一個又一個的世界會落入你的手中。

站在血腥的原野中，達夫黎第一次感應到有人在獵殺他。他們被他使用的力量吸引，出現在戰場上，就如飛蛾被火焰吸引一般。

他並不知道他們是誰，達夫黎是從一名垂死之人那裡偷走了元體，八成是那個人的盟友。但他知道無論他們是誰，都會爲了這股力量追殺他直到海枯石爛。他們會毀滅他。

所以他逃走了，將支持者與反對者的屍體全留在原地。他們的血在戰場上混雜，等不到他來安葬。

馬車震動了一下，將達夫黎從沉思中搖醒。記憶退去，只留下他使用元體加強咒語時的感覺，以及觸碰到比自己龐大得多的存在時，產生的那種突然、令人讚嘆的力量感。

數分鐘前當他觸碰女孩的心靈時，也有同樣的感受。他仍因爲那次接觸而頭痛著，但那所代表的意義比疼痛還來得更令人擔憂。

他看向塔森妲，女孩坐在他正對面，雙腳收在身下。高水小姐假裝在看書，但從她鮮少翻頁來猜測，她應該是在監視塔森姐。理由很充分。

有另一個你，他對元體想，而它就在那女孩體內。

是的，元體說，至少有一部分在那裡，它沒有完全活過來。除去一些粗陋的手段外，它無法跟女孩對話。

你爲什麼沒告訴我還有另一個你？達夫黎質問，這麼多年來，你從來沒提過！

他者並不重要，元體說，我是最強大的。但在感應了你的能力，還有了解到追捕我們的那些人足以毀滅你之後，我理解了。你需要的不只是我；我雖然很強大，卻也有弱點。

是你帶我來這裡的，達夫黎恍然大悟，你把念頭置入我的腦海．你想要我來到另一個你藏匿的地方，好讓……我能取得它的力量。

是的。元體回答，就和我一樣，這個元體是一個古老時空的殘餘部分；是時空被毀滅、吞噬後，凝縮在一起的力量，你可以說它就是一整片大地的靈魂。它大部分的力量都藏在沼澤裡。你若取得它，就能變得強大到無人膽敢挑戰你。

你還是沒回答我的問題，達夫黎煩躁地想，爲什麼你沒跟我說過有兩個你？

我受限於要保護你。元體說，你是我的主人與宿主，但我……很難承認必須得和其他人分享你。

你還是可以告訴我。

也許你會再次逃走，我不懂你。顯然，你命中注定要得到我、使用我，但你卻猶豫不決。我能感覺到你的野心，我知道你了解有多少榮耀在等著你，但你的拖延讓我困惑。所以我等待著適合的危機出現，讓你做出行動。

一股擔憂襲向達夫黎。你是幕後黑手嗎？他質問，是你殺了沃拉森的村民嗎？

不，元體說，但現在就是時候了。當你面對沼澤時，你就會理解了。你會使用我，我們會一起吞食、吸收第二個元體的力量。

那女孩呢？達夫黎問。

她只是力量的一部分，元體回答，我一開始擔心她持有全部，但當你剛才看進她腦中時，我就知道眞相了。她只是力量的一小部分。我不理解爲什麼……或是爲什麼那些人的靈魂會變成這樣子；也許沼澤裡的元體感覺到我們來了。不過我們擊敗它，並取得它的力量作爲己用後，再回來處理這孩子也不遲。

這段對話代表的意義讓達夫黎震驚不已，也許他正是這事件的罪魁禍首。沼澤攻擊村民會不會是要回收力量？它是否在準備對抗達夫黎？

他眞的能與他腦中同樣的元體正面對抗，並且擊敗它嗎？那可是不受控的力量。就連女孩身上的那一小部分都足以把他吹飛了，面對更強大的力量時，他有辦法獲勝嗎？

你會需要我的協助，元體說，你終究會做出這個選擇的，你會成爲神。

這些人，達夫黎說，已經有太多神明辜負他們了。

選擇。元體重複，它的聲音漸弱，馬車也正好慢了下來。塔森妲抬起頭，她突然的動作讓高水小姐的手朝著匕首稍微動了一下。

「我們到了。」塔森妲說，在嘎吱吶將馬車完全停妥前就打開車門。光線傾瀉而出，照亮了看守人的舊屋以及充滿黑水的池子。

塔森妲跳下車走向沼澤，衣服被灌木叢給勾破。達夫黎在馬車完全停止後走下，接著將手放在他剛才撞上的車廂木板。

他並不喜愛衝突。他很疲累，頭也很痛。元體能夠治癒大部分的病痛，卻無法治療頭痛。也許達夫黎需要頭痛來提醒自己，就算再怎麼厲害，他依舊是個凡人。

嘎吱吶從車頂上牠的座位跳下，雙腳重重落地。牠的身體恢復力非常強，在教堂所受的傷已經縮成了難以辨識的小刮傷。惡魔高舉燈籠，讓整個區域沐浴在橘光下。

「我知道我們最後總會來到這裡，」塔森妲在沼澤附近說，「我就是知道。」她轉身面向陰影中的達夫黎。「你也知道，對不對？」

達夫黎接近沼澤，就像被隱形的鎖鏈給拉動。塔森妲在漆黑的池邊蹲下，望向水面下，但這並不像一般的水會反射光芒，光線同樣也無法穿透。不知爲何，沼澤似乎總是在光照範圍之外。

咒語，達夫黎需要咒語。但他有什麼?只有一些小伎倆。逐漸消散的火焰咒，現在強度連點根蠟燭都有困難。他應該要花好幾個月來準備，偷取、儲備多重宇宙各地最強力的咒語來對付它。

*你不需要那些，*元體說，*你有我。你從修道院長身上取得的能力能夠拘束無縛的靈體，譬如鬼魂，但在這情況下也有效。以我的力量來增強那個能力，我們就能拘束住沼澤內的元體。*

逃走吧，達夫黎的直覺尖叫著要他快跑。他應該倉皇逃回車上，策馬返回宅院，或者更好的選擇：脫離這個被詛咒的時空。

讓別人來對付沼澤吧，不論他會是英雄或暴君；反正兩者本質上都是一樣的，都只是帳面上的數字，只是一個前面是加號，一個是減號。這個地方對他來說又算什麼？只是暫時的棲身之所。他可以在多重宇宙中找到數不盡相似的地點，而此刻他應該離開。

但是。

但是……他繼續向前，跨過一棵倒地的樹木，跟上女孩來到沼澤的邊緣。那就像黑色的虛無，一個刺穿現實的洞。

「我知道我們最後會來到這，」塔森妲重複，「這是我們的命運。」

「我沒有命運，」達夫黎說，「除了我自己創造的以外。」他舉起手，凝聚他的力量，「但你們的村莊是我的，這些人是我的。是時候讓沼澤知道是誰在統治迫近地了。妳最好後退點。」

她並沒有後退，不過嘎吱吶與高水小姐很明智地待在馬車旁。

做好準備。達夫黎心想。他深呼吸，接著將魔法感知探入沼澤中。

卻發現裡面是空的。

第十五章　達夫黎

有個元體曾住在這裡。

達夫黎能感應到它的痕跡，就像殘留的氣味一樣。強大的力量扭曲了周邊的現實，永久改變了此處。

但那股力量已經消失了，這裡像墳墓般了無生氣。

這不對，元體說，它原本就在這裡……它應該要在這裡的……發生什麼事了？

我不知道。達夫黎想，蹲下將手指放入水中，感應著殘餘的力量。這裡沒有他要戰鬥的對象，甚至沒東西讓他偷。

他往上看，接著使用修道院長的才能：看見鬼魂並錨定他們的能力。這讓他的頭又痛了起來，但也讓他能夠看見附近的綠色殘光。

低語者們曾來過這裡，就像院長說過的，他們留下了綠色的痕跡。除此之外還有其他痕跡，更久遠以前留下的……通向沃拉森村。他能夠辨識出這道痕跡是因爲他對體內的元體很熟悉，而兩者間的感覺很相似。

那股力量從很久以前就離開了，大概是……二十年前？也許再近一點。這股能力無法讓他做出準確的判斷。

「住在沼澤的東西已經不見了，」他說，「而且已經不見很多年了。」

「什麼？」塔森妲在他身後驚呼。

「妳體內就有一部分，」達夫黎說，「沼澤裡的元體在這待了好幾世紀，周遭的一切都沾染了它的氣味。那也滲入你們的靈魂，就像毒素藉由地下水滲入人體，讓你們和它產生聯繫。而現在持有這股力量的人，就是遊魂的操縱者。」

情況不妙，元體在他體內說，我沒預料到宿主已經能熟練地運用力量來增強自身能力。我們還是能獲勝，只是會很危險。

「所以低語者放過我，」塔森妲說，「是因爲……」

「因爲遊魂感應到了妳體內的沼澤之力，」達夫黎說，「他們可能把妳誤認爲是主人。我本以爲妳也能夠控制他們，但不知爲何妳的歌做不到這件事。」

達夫黎皺眉看著高水小姐靠近，灌木叢沙沙作響。「我們對此該作何感想？」她問。

「擔憂，」達夫黎說，「爲何元體要離開沼澤？」

「它在害怕。」塔森妲蹲在水邊低聲說，眼神矇矓。

「害怕？」達夫黎說，「什麼東西會讓這麼強大的存在感到害怕？」

「信仰。」她耳語。

「什麼——」

「凱恩！」嘎吱吶大喊。

達夫黎迅速轉身看向馬車，站在那的嘎吱吶已經拔劍，將武器指向道路。

「我們有麻煩了，快過來！」

達夫黎匆忙趕向馬車，高水小姐跟在身後。嘎吱吶的燈籠無法照亮遠處，但也沒有那個必要，因爲沿路靠近的遊魂們閃耀著病態的綠光。上百隻遊魂嘴巴大張，面部扭曲不成人形。他們在樹木間穿梭，以穩定的速度接近。

其中一個站在前排的扭曲鬼魂伸出手指，指向達夫黎，他的嘴巴張得更大，猶如在沉默地尖嘯。

頓時數十雙眼睛鎖定在他身上，遊魂的嘴巴一個接一個地扭曲——他們認識他。

第十六章　塔森妲

塔森妲跪在沼澤旁。達夫黎一定搞錯了，她這輩子都篤信沼澤，怎麼可能是空的？

塔森妲……一個聲音耳語著，如落葉般窸窣傳來。她盯著不透明的水，發現反射出的是她母親的臉，就像從墨黑的深淵裡浮出。

塔森妲伸出手，指尖碰觸到沼澤的水面。水出奇地溫暖，就像鮮血一樣。

這時一隻手抓住了她的肩膀。高水小姐以驚人的握力拉起塔森妲，接著將她拉向馬車。怎麼回事——

是遊魂，他們正穿過森林而來。這些扭曲、恐怖的怪物，外型與人類僅有些微相似。她也在風中聽見他們恐怖的低語聲。塔森妲倒抽口氣愣在原地，不過高水小姐將她塞進馬車。達夫黎已經在車廂內，敲著車頂大喊要嘎吱吶快點駕車。

馬匹衝刺，馬車突然加速，窗外的樹木變成一團糊影。塔森妲感覺得到他們經過的每個坑洞與石子，而且在這速度下馬車發出了很恐怖的喀啦聲。

「高水小姐，」達夫黎大喊，「是哪個平民負責維護這條路的？如果我們能存活下來，我要打他們屁股。」

「這個嘛，」高水小姐說，「你還記得我們在會議上討論過，要如何將稅款收益分配在基礎建設的維護上？」

「不記得，但聽起來很無聊。」

「你——」

「我們就各退一步，」達夫黎說，「把錯都怪在嘎吱吶頭上吧。」

塔森妲把頭伸出窗外，沿著路往後看，頭髮被風吹得四處飄蕩。

低語者在追趕他們，幽光掃過樹椿與灌木叢，而遊魂無視這些障礙，以驚人的速度緊跟著馬車。就算馬車喀啦作響，她仍聽得見他們低沉的耳語聲一層疊過一層。

他們是我們村子裡的人，她邊想邊顫抖著，被某種力量擄走轉變成遊魂。她妹妹的靈魂也在他們之中嗎？扭曲到無法辨認？塔森妲彈奏到手指都破了，沃拉森的村民還是被遊魂抓走，威莉雅也是當時的其中一名遊魂嗎？

「沃拉森小姐！」達夫黎說。

塔森妲把頭收回，達夫黎拿起她的提琴遞給她。

「也許來首歌會有幫助？」他問。

「對低語者沒用，」她無力地接過提琴，「這就是一切的起因！」

「他們是由妳持有的力量所構成的，」達夫黎回喊，「妳體內的元體在替歌曲充能。那股力量應該要能控制他們才對！」

「你自己也說了我只有一部分的力量，幕後黑手的力量比我強！」

他咬緊牙關，在馬車急轉彎時抓穩自己。「剛才，」他對她喊，「妳告訴我妳知道是什麼嚇走了沼澤的元體，妳說了『信仰』，爲什麼？」

「我不知道，」她說，「感覺很正確！」

「我無法接受這個理由！」馬車過彎，他再次抓緊車廂側邊。這次的轉彎更急，塔森妲撞上木板，痛呼出聲。緊接著他們轉向另一邊，她又滑過座椅撞上高水小姐。

「速度這麼快，那個傻瓜會害我們撞樹的。」高水小姐說。

綠光閃過窗外，塔森妲看見林間的鬼影跟著馬車快速移動。嘎吱吶沒多少選擇，牠要是不以危險高速衝過蜿蜒的森林小徑，遊魂就會追上他們。事實上牠還得加速，因爲遊魂正在——

他們再次急轉彎，塔森妲撞上牆壁。

達夫黎低吼，抓住門把。「太急了！」他說，「我們會——」

馬車下有什麼東西正在斷裂，車廂開始傾倒。

這時達夫黎推開了門。塔森妲感到內臟一陣翻攪，達夫黎的身影從眼中消失，接著馬車突然倒向側邊。

塔森妲在車廂內翻滾，拚命保護她的提琴；高水小姐悶哼一聲，從她身上滑下。車廂接觸路面，用側邊滑行了一小段，塵土與枝條從窗戶噴進，灑滿塔森妲全身。

車廂最終停止滑行。塔森妲呻吟，試著跟正在低聲咒罵的高水小姐分開。車廂外，馬匹正緊張地嘶鳴與呼氣，她隱約聽見嘎吱吶正嘗試安撫牠們。

高水小姐成功站起身，接著抓住兩人頭頂上的車門。由於車廂是往側邊倒下，因此有一扇門在她們底下，另一扇則在上面。達夫黎不見人影，不過塔森妲在馬車傾倒時似乎有瞥見他跳出車外。

塔森妲再次呻吟，檢查她的提琴。樂器居然沒有損壞，她抱著提琴，沿著座椅費力向上爬到現在的車廂頂。她渾身沾滿塵土，頭髮糾結成一團，高水小姐的樣子也沒好到哪裡去。

達夫黎看似毫髮無傷地落地了。他站在路中央，裝模作樣地拉好他的長斗篷，再轉身看向接近的遊魂，看上去泰然自若。他的雙眼變爲純白，似乎感到疼痛般咬緊嘴唇，接著爆發出一陣力量的閃光。

那道閃光幾乎讓她看不見任何東西，也讓遊魂慢下了腳步。他們環繞著傾倒的馬車，扭曲的臉孔躁動地低語著，似乎突然間開始擔心起達夫黎。

「修道院長的能力，」高水小姐說，她們兩人仍蹲在翻倒的車廂頂端，「他能夠錨定這些遊魂，強迫他們維持實體。」

雖然很誇張，但在這種時候，塔森妲卻發現自己對領主感到很生氣。他能夠像那樣逃脫，不用滿身塵土地摔成一團，實在是太不公平了。這個男人到底是怎麼樣隨時保持形象，卻又一點用也沒有？

「高水小姐，」達夫黎在低語者開始靠近時轉過身來，「鬆開馬匹，試著控制牠們。嘎吱吶，我們用得上你的劍。」

高大的惡魔低吼，走向達夫黎，一邊打量著鬼魂。從牠手臂上的刮傷看來，嘎吱吶在馬車翻倒時摔下去了。

高水小姐聽從命令，跳下車廂，對著被韁繩纏住的馬匹發出聲音安撫。塔森妲則留在最安全的地方，也就是馬車頂上。

一開始，低語者與馬車間保持了大約二十呎的距離，接著其中一名測試性地向前進。這個動作似乎鼓舞了其他人，遊魂開始大批擁向達夫黎，伴隨恐怖的耳語聲。那是種瘋狂的聲響，似乎只差一點就能聽得懂。

她在那些扭曲的臉孔中尋找著認識的臉龐。如果這些是她的鄰居和朋友，她不是該認得他們嗎？不幸的是這些臉孔實在太扭曲，連人類都不太相像。

嘎吱吶開始像名鼓手般大肆揮劍，砍過一名又一名鬼魂。達夫黎的咒語讓他們有了實體，武器因此能阻撓他們，讓遊魂的身體爆開，化爲地上的一攤綠煙，而不是單純穿過去。塔森妲感到有點擔心。這些是她所愛之人的靈魂，攻擊會對他們造成永久傷害嗎？希望殘留在地上的煙霧代表他們並沒有徹底被毀滅。

高水小姐匆忙切開纏繞的韁繩，釋放馬匹。達夫黎將手伸到一旁召喚武器。

塔森妲手上的提琴消失。她驚叫一聲，提琴隨即在達夫黎的手中現形。他用來刺向一名鬼魂，動作做到一半才發現手中拿的不是劍，頓時僵住，接著拋給塔森妲一個尖銳的眼神，就好像他之前碰到提琴是她的錯一樣。

他將提琴丟到一邊，害她在車頂叫出聲。但接著她倒抽一口氣，看著達夫黎被發綠光的鬼影所包圍。遊魂抓向他，但手指沒有抓傷皮膚，反而沉進了他的臉。他變得僵直，其他鬼魂抓著他的手臂與斗篷。

塔森妲驚恐地看著綠光開始從達夫黎臉上流出。

他們在把他的靈魂從身體裡拉出來！

一瞬間，她彷彿又回到村子裡，對著第二種黑暗與恐怖的耳語尖叫，聽著她愛的人一個一個被帶走，聽著——

不！

塔森妲從車廂一躍而下，降落在道路旁的軟土上。除了歌聲，她沒有其他武器，因此她開始唱起守望之歌。嘎吱吶痛苦大喊，但低語者們一如既往地忽略她的歌聲。她洩氣地停下歌唱，從地上拾起一塊尖銳的石塊，用石頭重擊發出綠光的鬼影，狂亂地想殺出一條通往達夫黎的路。

她的攻擊沒什麼效果，鬼魂們似乎根本沒注意到她。

別連他也抓走！她想，他是我唯一的希望了！

她擊倒前方的鬼魂，讓他的形體消散爲深綠色的煙霧；但其他鬼魂仍在逼進，低語聲包圍了她。她揮擊著試圖掙脫，卻再次感到無助。

這些鬼魂不會攻擊她，但會抓走她身邊的所有人，不論是她愛的人，或只是剛認識的人。她將永遠孤單一人，被留在純粹的黑暗中。

這時一陣強光掃過她，一道藍色的力量之牆融化了一整圈的鬼魂。她停下腳步，石塊仍握在手中，發現達夫黎蹲在圓圈中央。他起身，眼中縈繞著藍煙。一名鬼魂靠近，他的頭歪向一邊，嘴巴張得和他的前臂一樣長。達夫黎舉起手，發射出另一道藍光。

「怎麼會？」塔森妲說，「我看見他們抓住你的靈魂了！」

「我使用了從妳腦中取得的守護咒，作爲靈魂的護盾。」他說。雖然他的聲音很冷靜，臉色卻十分蒼白並在顫抖著。「在那之後，就只是很單純地施展從獵人那裡得到的驅魔咒。」他用顫抖的手拂過眉毛，「妳在擔心我嗎？傻孩子，我當然沒有身陷危險……」

他向下看著飄蕩的綠煙。一顆頭從中出現，嘴巴扭曲大張，遊魂伸出手再次構成形體。

「地獄火啊。」達夫黎再次釋放藍色光環，驅散了鬼魂。這次的閃光似乎比先前來得小，而遊魂們幾乎立刻就在地面重新成形。

「沒用的蠢獵人，」達夫黎咒罵，「就連惡魔用的咒語都比這有效。快走！去馬那邊。」

他將塔森妲推向馬車，她背靠著車廂，達夫黎則又發射一道光來協助嘎吱吶。那名高大的惡魔沒有靈魂可失去，所以鬼魂們並沒有從牠身上扯出綠光，但他們的爪子卻能抓傷牠的手臂，並嘗試將牠壓制在地。

達夫黎的光束癱瘓了許多低語者，但還是有些落單的持續從森林中穿出。塔森妲嚇了一跳，發現有幾名遊魂停在路邊正盯著她。他們過長的頭顱在肩上扭曲成詭異的角度，接著其中一名舉起手指向她。

她心中一陣慌亂。這些新來的能看見她？有什麼改變了嗎？

「達夫黎！」她大喊，背靠著車廂移動到接近車輪的地方，「高水小姐！」她高舉石塊，作勢威脅。

遊魂停在原地。他們……他們害怕她的石頭？

不，是她早些時候纏在手腕上的墜飾，遊魂正盯著墜飾看。其中三個杵在原地，最後一個卻改變了。他的眼睛縮回正常人類的大小，顫抖的形體穩定下來，臉孔幾乎變回可辨認的人臉。

他後退，雙手遮住臉。

高水小姐跳到塔森妲與遊魂之間，將她的匕首插入鬼魂的頭側，讓他倒地並開始消散。她將塔森妲拉向一匹不安的馬，馬上只配著從馬車轠具上切下的簡單轠繩。

「上去！」高水小姐說，「妳會騎馬嗎？」

「會，我父親教我的，就在晚上——」

「少說故事，多準備逃離這裡。達夫，我們好了！」

他從傾倒馬車的另一側現身，看起來有點憔悴。他射倒了剛才看著塔森妲的一對遊魂。那個臉孔短暫回復的遊魂並非其中之一，他已經逃進森林，塔森坦可以看見他在樹木間移動所留下的綠光。

嘎吱吶雙臂被抓傷，流著血跳上一匹馬，踢著那可憐的動物要牠前進，那匹馬幾乎快載不動牠。高水小姐抓著另一匹馬的韁繩，等待達夫黎上馬。

「達夫黎，」塔森姐從她的馬旁離開，抓住他的手臂，「有一個鬼魂表現很奇怪！」

「哪一個？」他立刻環顧著整個區域。他的咒語和嘎吱吶的劍打散了大部分的低語者，但地面上的綠煙顫動著，重新構成臉孔與手臂。

塔森姐指向森林。「有一群朝著我過來，他們是唯一嘗試攻擊我的遊魂。但他們在看到無名天使的印記後就停下來，其中一個跑進森林裡了！」

達夫黎皺眉。「高水小姐，準備好馬匹，我很快就會回來。」說完便大步走進森林。

塔森姐猶豫一下，接著跑步跟上。

「什麼？」高水小姐在他們身後尖叫，「你瘋了嗎？」

要在夜裡穿過森林很困難。她的衣服總被看不見的枝條勾住，或是腳下會出現預料之外的坑洞。第一種黑暗包圍他們，不過達夫黎從指尖召喚了一簇小火苗提供照明——那是他僅剩的火焰咒。

她跟上他的腳步，追著綠光的蹤跡，發現他已停止移動。他們靠近那名遊魂，他正跪在一棵樹旁垂著頭。遊魂又開始變得模糊，形體也開始扭曲。

「那個標誌。」達夫黎用空著的手示意塔森妲。

她將威莉雅的墜飾從手上解下交給他。達夫黎繞到遊魂前面展示標誌。只見怪物抬起頭，盯著展翼的標誌看。

「這是教會的力量嗎？」塔森妲問。

「不，」達夫黎說，「這是熟識的力量。還記得我告訴過妳嗎？像這種鬼魂有時候可以藉由看見生前熟悉的事物來恢復神智。」

遊魂虔敬地伸出手指觸碰無名天使的標誌，臉孔從怪物變回人類。傷痛欲絕的人臉雖然無法流淚，卻啜泣著。

他……他是羅姆。

那名曾是獵人的老園丁變成遊魂了？怎麼回事？他並不是村裡的人啊。

「你……」羅姆的鬼魂低語，「你對我做了什麼，大人？」

「你還記得什麼？」達夫黎輕聲說，語氣甚至很和善，「你記得的最後一件事？」

「我看著你們走入夜裡。」鬼魂說，「我累了，所以回到房裡睡覺。和平常一樣，我睡不著，想起我殺死的那些……」發光的鬼魂眨眼，然後看著自己的手，「喔，天使啊，我以為我能在這裡找到安寧，但沒辦法……永遠不得安寧……」

「為什麼僧侶變成遊魂了？」塔森妲說，「發生什麼事了？」

「在我們離開後，修道院遭受攻擊。」達夫黎說，「僧侶們的靈魂被轉化成遊魂。我擔心是因為幕後黑手發現你們村民的鬼魂不會攻擊妳，所以他改找上那些沒被沼澤觸碰過的靈魂。」他丟下標誌，「顯然天使也幫不了他們。」

「我看見她了，」羅姆低語，「初來此地的時候。那就是他們為什麼……為什麼叫我來的原因……她和其他一樣發瘋了……」鬼魂垂下頭低聲啜泣。

「羅姆，」達夫黎說，「大概在將近二十年前，沼澤發生了一些事，裡面的元體因為某種原因逃走了。」

「二十年前……」羅姆說，「我根本還沒來到這裡，我還在獵殺惡魔。」

「達夫黎，」塔森妲說，「將近二十年前？我們知道發生了什麼事。在十五年前，」她比向自己，「我出生了。」

達夫黎因她的話皺眉，接著往回看向路邊。鬼魂大軍已經重組完成，開始穿梭進森林。「來吧。」

他快步穿過灌木叢，遠離遊魂。她向羅姆伸手，但那顫抖的鬼魂已經開始扭曲，喃喃自語著他所犯下的殺戮。塔森妲感到一陣寒意，連忙趕上達夫黎。她幾乎手腳並用、跌跌撞撞地奮力穿過灌木叢。

「妳的守護能力不止是歷代所見最強的，」達夫黎說，「沼澤的元體移動到了妳和妳妹妹體內，至少是它僅存的部分。也許它在擔心有什麼東西在削弱它。」

「是教會。」塔森妲翻過一段圓木時悶哼一聲，「你還沒意會到嗎？修道院長大約是在二十多年前來到這的，接著就有成群結隊的僧侶移入。靈魂開始改信，奉獻的目標從沼澤變為天使，還有息靈石！」

「息靈石只是個附著五流美化咒的小道具，」達夫黎說，「騙騙普通人倒是可以。它可以讓靈魂安息，但除此之外……」

他在前方的森林停下腳步。塔森妲回頭，看見遊魂的綠光接近，感到背脊發寒。

「你告訴過我，」塔森妲說，「沼澤的力量已經滲入此地的人民了。當這些人死後，力量會怎麼樣？」

「我猜一般情況下，力量會回歸沼澤。」

「除非有某種裝置，某種魔法道具把靈魂先收走了？同時也奪取了沼澤的力量，逐漸吸乾它？所以沼澤中的元體不斷衰弱，讓它不得不採取非常手段？例如脫離沼澤去尋找宿主？」

「兩名宿主，」達夫黎說，「那應該是意外。它找到子宮，附進未出世的孩子，但最終卻被雙胞胎姊妹平分了。幕後黑手一定知道妳們能力的來源，所以殺了妳妹妹，奪走她那一半的力量。但他卻沒辦法碰妳，爲什麼？」

在他們身後，鬼魂們圍繞著跪在地上的羅姆，他還握著無名天使的標誌。塔森妲似乎看見他丟掉標誌站起身來，臉孔再次扭曲。

「來吧。」達夫黎拉著她前進，兩人回到路邊的空地。這區的道路蜿蜒，他們基本上是穿過森林來到了另一邊。

「我們該回去宅院。」達夫黎說。

「這股力量，」塔森妲說，「住在我體內的……元體的剩餘部分，就在修道院裡，在那顆石頭裡。」

「曾經在修道院裡，一定有人已經奪走它了。」他的表情在月光下變得陰沉，「我發誓，如果我被那個修道院長耍了……」

塔森妲回頭看向森林，鬼魂接近的速度越來越快。

「他們在加速，」她說，「我們得趕快跑！」

「沃拉森小姐，」他故作驚訝地說，「跑步？**我**？」

她抓住他的手臂，但他依然留在原地。他在等什麼？正當她準備獨自沿著路逃跑時，她聽見了馬蹄聲。

只見高水小姐從前方的彎道現身，騎在馬匹光滑的背上。她一手提著燈籠，在照明下可以看見她將裙子前後撕開，以方便騎行。她用繩子領著另外兩匹馬，後面跟著嘎吱吶和牠可憐的坐騎，在惡魔身下看起來就像隻迷你馬。

高水小姐在達夫黎身旁急停。

「絕佳的時機點，」他說，「造型**也是**。」

「這條裙子我會跟你請款。」她說，「你們很幸運，我們決定騎過來這一側攔截你們。嘎吱吶本來想遵照你的命令在原地等你。」

塔森妲殷切地爬上一匹馬，不太在意牠身上並沒有馬鞍。

「那你們怎麼會決定要過來？」

「在服侍他的這幾年裡我學到一件事，」高水小姐說，「那就是如果沒有我的幫助，達夫黎絕對不會準時現身。」她讓馬匹轉身，努力控制住那匹凶猛的動物。看來她將最難搞的馬留給了自己；一旁的健壯黑牡馬正溫順地讓達夫黎騎到身上。

「向宅院出發？」高水小姐說，對著道路點頭。鬼魂正從反方向湧出森林。

「不，」達夫黎深呼吸，「沿著原路回去，往修道院的方向。」

「但是——」

他策馬向前，直直衝向鬼魂群，塔森妲加入他。高水小姐大聲咒罵後緊跟上。嘎吱吶也一樣，牠的馬很努力地撐住了，並沒有被壓垮。

達夫黎在他們接觸到鬼魂時，再次放出藍色的光束。這次只有最靠近他們的鬼魂被打散而已。幸好其他遊魂似乎被震懾住了，停留在原地。

塔森妲與其他人衝進鬼魂群中。她很確定感覺到了鬼魂的手指拂過她的腿。他們的冰寒似乎深入她的核心，竄進迄今未曾知曉寒冷爲何物的身體深處。

接著她穿出鬼群，緊抓著馬匹跟在達夫黎身後。她並沒有花太多心思在操控，只專注夾緊膝蓋，讓馬匹自行前進。

他們先前花了超過一小時才從修道院抵達沼澤——不過那包含了達夫黎的小睡時間，而且馬車的行進速度也很悠閒。現在回程快得多了。

這趟旅途讓可憐的馬匹們口吐白沫，不過塔森妲中途並沒有催過她的馬。低語的鬼魂整路追逐他們，而且不論馬匹跑得多快，遊魂似乎都緊追在後；他們在森林穿梭，總是保持一小段距離。塔森妲不禁懷疑她是不是被刻意趕往這個方向。

一行人終於從森林奔進了修道院的院區。突然開闊的空中滿是星星，月亮已經準備下沉了。這讓塔森妲突然感到一陣恐懼。她轉頭往後，越過遊魂看向東方的天空。地平線一如既往地被樹木遮住了，但她可以看見微弱的光芒，示意著黎明的到來。

他們花了一整晚在調查。太陽很快就會升起，而塔森妲將再次失去視力。

她回過頭努力控制她的馬，修道院近在眼前。此時她才注意到所有的窗戶都是暗的。周邊的營火與燈籠都熄滅了，而且看來建築裡就連一根點著的蠟燭也沒有。

高水小姐拉緊韁繩爬下馬；達夫黎則省了這堆麻煩，直接從馬上跳下，在地上滑行了一段。艾維欣之名啊，他怎麼可能沒有跌倒？塔森妲的技術遠遠不及，在停下馬時不小心讓牠人立了起來。她緩慢地從馬匹身上滑下，屁股落在軟土上。

嘎吱吶最後才抵達，牠的馬幾乎已經跑不動了。牠跳下馬，咕噥著對馬匹的反感，不過受苦的其實是那隻可憐的動物。發光的遊魂從森林中出現，那匹馬連同其他匹揮著汗快步逃走了。

遊魂沒有前進，而是往兩邊散開，包圍了整塊空地。

*我們被困住了，*塔森妲想，*我帶我們進入死路了嗎？*

達夫黎毫無反應地讓馬匹逃走。也許他知道在這樣的疾行後，牠們已經疲累到無法繼續載人了。這些可憐的動物可能活不過今晚。

*我們也一樣。*塔森妲想。

嘎吱吶領頭進入修道院，牠將劍握在手中，小心確認兩側。達夫黎跟上，接著是拿著唯一燈籠的高水小姐。

走廊很暗，而且空蕩蕩的——除了一進門的兩具屍體之外。他們是教堂的守衛，倒在站崗的位置，雙眼大睜，嘴型像是尖叫到一半被凍結。他們看起來就跟村民一開始找到的遊魂受害者們一模一樣。

達夫黎向右點頭，嘎吱吶以與外表大相逕庭的安靜腳步朝那方向前進。高水小姐從窗臺上拔下幾支融化的蠟燭，並用燈籠點亮。塔森妲接過一支，蠟燭發出的搖曳光線看上去相當微弱。

他們經過更多軀體，是些正在受訓爲僧侶的年輕僕從。不過這裡大部分的受害人應該都還躺在床上。塔森妲的心跳聲在耳裡鼓動，相較於路程上的匆忙，現在緩慢的腳步讓她更爲焦慮。她向窗外一瞥，看見遊魂正往修道院聚集，包圍圈逐漸縮小。

嘎吱吶抵達被達夫黎的詭異符文覆蓋的走廊末端，接著輕輕打開修道院長的房門。那名年邁女人的身體倒在書桌上，和其他人一樣渾身僵硬。

達夫黎小聲咒罵。「如果幕後黑手是她就簡單多了，」他說，「因爲她的力量先前已經被我抽走了。」

塔森妲顫抖，環顧黑暗的走廊。如果達大黎沒有偷走院長的能力，這邊的士兵是不是就有辦法對抗遊魂？

「現在呢?」高水小姐問。

就像在回答她的問題，一陣微弱的顫動拂過建築，在石塊中迴盪。那似乎……有某種音調，就好像……塔森姐所知的歌曲的一部分……

「往下。」達夫黎轉身領頭走向通往墓穴的階梯。他們抵達石階，就像一條通往地底的隧道。從入口看過去，通道的形狀有點像鬼魂扭曲尖叫的嘴型。

「我剛來到這裡不久後，就來檢查過息靈石。」達夫黎邊說邊走下階梯，「我確認過上面的咒語，但並沒有感知到像妳所說的力量蓄積，沃拉森小姐。不過，我覺得妳一定有某些部分說對了。沼澤被教會的逐步擴張給威脅，因此挑選了妳作爲宿主。

但它卻因爲雙生子的關係被一分爲二，元體不再完整，因此無法跟妳們溝通。不過元體可以影響人的五感，這可以解釋爲何妳們有時候看不見。也許它在嘗試藉由控制視覺來跟妳們溝通，但是失敗了。不過我沒辦法解釋爲何視力喪失會這麼頻繁地發生。」

「你怎麼對它這麼了解?」塔森姐問。

「這麼說吧，我自己也有遇過類似的情況，」他說，「我……」他沒繼續說下去，在階梯上停下腳步，頭歪向一邊。塔森姐往上看，越過後面的兩名惡魔。

低語聲。

她能聽見聲音在上面迴盪，微弱卻恐怖。遊魂進到修道院裡了。

達夫黎繼續往下，塔森妲趕忙追上，一手護著蠟燭，避免被他們快速往下帶起的風給吹熄。

「我們要專注在妳的能力上。」達夫黎說，「雖然被迷信掩蓋了，你們口中無名天使的故事應該還是有某種眞實性，我只能猜測是我漏看了那顆石頭的某些祕密。」

他們抵達墓穴，達夫黎不用人教就知道要按下哪裡來開門。他向右轉，沿著蜿蜒的走道前往息靈石所在的房間。很快地塔森妲就看見了發亮的天花板與牆壁，走廊也被照亮。

他們進入房間，石頭安然無恙地安放在臺座上。有人坐在房間深處，盯著石頭發出的流光，是名有著金髮與淺膚色的年輕女子。

威莉雅。

第十七章　合奏

威莉雅。

威莉雅還活著。

塔森妲想衝進房間擁抱她妹妹，但達夫黎抓住她的肩膀阻止她，力道十分強勁。這麼看來……威莉雅有哪裡不對勁。她發光的樣子，還有塔森妲從她身上感覺到的力量。她不是遊魂。

她……她就是控制遊魂的人。

「威莉雅？」塔森妲哀求，「妳做了什麼？」

威莉雅站起身，穿著她白色的葬衣。「妳知道嗎，他們派我下來過這裡。看守息靈石是新進侍僧的任務之一。我要求他們在白天派我來，因為我不想在被純粹的黑暗占有時，要獨自待在這個死亡之地。妳知道那種黑暗，對吧，塔森妲？」

威莉雅盯著顫動的光線。「它對我說話了，」她悄聲說，「它跟我說我所持有的力量，**我們**的力量——那股阻止黑暗的力量。我只需要去完整它，找出散布在迫近地人民身上的力量。每個人都擁有一小點碎片……」

那甜美的嗓音是如此熟悉，但其中的緊繃感實在太不對勁了，彷彿即將失控。

「威莉雅，」塔森妲無力地說，「妳對爸媽做了什麼？」

威莉雅終於抬頭看向她。現在還是晚上，她卻看得見？人生中第一次，塔森妲望進威莉雅的眼中，而威莉雅也回望著她。

「我不是故意要帶走他們的，塔森妲，」威莉雅說，「他們要帶供品去沼澤，我當時認爲它是個僞神。我大叫，跟他們爭吵，但並沒有要殺了他們。不過我從石頭裡得到的力量跟我體內原本的力量結合在一起，而且還渴望更多。最後，我對他們釋放了力量，然後……然後事情就發生了。」

「妳**殺了**他們。」

「不是殺，是收回。」威莉雅走向前，息靈石流動的色彩反射在她眼中，「一開始，我以爲息靈石裡的聲音是她，妳知道的，那個天使？我以爲是她在對我低語。我當時還不知道她已經死了。」

嘎吱吶小心溜進房裡。達夫黎持續抓著塔森妲，身體擋住小房間的出口，高水小姐就站在他身後。塔森妲發現嘎吱吶拔劍出鞘，突然一陣擔憂。

「不要！」塔森妲哀求，「停手吧，威莉雅。如果妳釋放靈魂，凱恩大人能夠讓他們回歸到身體裡。一切都會沒事的，我們可以恢復這一切。」

「妳以爲我想要？」威莉雅看向嘎吱吶，接著推倒息靈石，讓它掉在地上碎裂四散。「我不用再躲著黑暗了，塔森妲，我不用再縮在妳的歌聲之後了。」她舉起手，開始從身體深處發出強烈的光芒。「現在開始，是黑暗要**害怕我**。」

達夫黎聽夠了，他出擊，刺進年輕女子的腦海，挖掘她的天賦。也許她對掌控力量還只是個新手，讓他有機會能深入挖出元體，然後——

達夫黎撞上某物，是種不可能的力量，比他在塔森妲腦中發現的還更強大。

威莉雅幾乎不屑一顧地反彈了達夫黎的攻擊。他低吼一聲，被迫縮回自己腦海，強烈的頭痛在眼睛後方扎刺著。此時，威莉雅釋放一道綠白色的能量，亮到連房間牆壁都閃閃發光。

不！

達夫黎召喚他從塔森妲那取來的力量殘留——那道守護咒。他將力量像盾牌般舉起，感到頭痛欲裂。他創造出的綠色光盾擋住了威莉雅強大的光束，形成一塊安全區域保護住吃驚的高水小姐。

然而，嘎吱吶在轉眼間就灰飛煙滅。那名惡魔正舉起劍要揮向威莉雅，隨即匡啷一聲落在地上。塔森妲尖叫跪地，不過這股力量就像是她守望之歌的濃縮，如她一樣的人類並不會受到傷害。

一小點嘎吱吶的殘灰飄向達夫黎，他低吼一聲，用力撐住保護咒。這道守望之光就像有實體一樣衝擊著他的護盾，如河流般分向兩側，充斥後方的走廊，只有他身後的一小塊區域可以倖免於難。

「地獄火啊！」高水小姐的手指碰到光流而灼傷，靠向他的背，「達夫？」

「我想，」他努力說道，「我好像錯估了對手的實力。」守望之光的力量讓他腳步蹣跚。他的護盾是由同樣的力量構成，但弱得太多了。

我們終於走到這一步了，元體在他腦中說，聽起來很滿意，這就是我所承諾的對決。在此地，我們將會證明自己，並把另一股力量收爲己用。

達夫黎用盡渾身力量，汗珠從臉上流下。他努力擠出護盾的每一滴力量，但很明白那撐不住的。

使用我吧，元體說，現在就使用我，就像你曾經做過的那樣。

不！達夫黎想。

爲什麼？你爲什麼要抵抗？這就是你的時刻，掌握住！

達夫黎艱辛地轉身，看著高水小姐。因爲他的魔法護盾減弱，她只能緊靠著他。兩人站在房門口，後方的走廊已被光芒灌滿，她無處可逃了。如果他的護盾失效，她就會湮滅。

「我還有那道驅魔咒，」他低聲對她說，「最後一點點。那對妳這樣的魔法生物應該有效。」

「我……」她看向他的綠色護盾，其邊緣處正在崩裂。

「妳應該會跟遊魂一樣再次成形，」達夫黎說，「這個驅散效果對他們來說是暫時的。」他望進她深紅的眼眸，汗水從臉上滴下。「我只有這個了。」

她點頭。「動手吧。」

他準備施咒，力量集中，眼中的藍霧讓他視野內的房間染上藍色。

高水小姐抓住他領子下的襯衫，將臉貼近他的臉。「別死了，達夫黎．凱恩。」她輕聲說，「我跟你還沒算完。」

他微笑，接著在力量下再次低聲掙扎。

「記得嗎？今天晚上，我，打算要，**待在家的**。」

他施展驅魔咒，看著她的灰皮膚化爲一陣灰煙，懷裡的帳本落下。達夫黎的一部分也隨之碎裂。

達夫黎在護盾碎裂時尖叫，強光沖刷過他，讓他看不見東西。他感到靈魂被輕微地擾動，就像小孩子在拉扯披風的感覺，但他並沒有受到傷害。

因爲到頭來，他仍然是人類。

光芒終於黯淡下來，但他還是看不清。達夫黎跌跌撞撞地站起來，轉身眨眼，試著讓視力恢復。眼中一片白，他施展了武器召喚咒，想著至少能有把劍。

但在他手中現形的又是某個尷尬的木造物件——那把該死的提琴。地獄火啊，爲什麼魔法認定那是武器？

威莉雅並沒有趁他虛弱時攻擊他，但他聽見了她在低語。在下命令嗎？這時遠方的墓穴走道開始響起耳語，與她相互呼應。

她正召喚遊魂來抓他。奪走外地人的靈魂對他們來說跟迫近地民一樣容易，僧侶們就是證據。有元體在背後提供力量，恐怕過不了多久這個時空就只會剩下恐怖的綠色鬼魂，對著彼此竊竊私語。

你無法獨自擊敗另一個元體的，元體在他腦中說，她會毀滅你，除非你先毀滅她，把她的力量收爲己用。

一隻手握住了達夫黎的手。

「往這邊。」塔森妲說。那個當下達夫黎幾乎忘了她，年輕女子將他拖出房間。他因強光依然無法視物，只能轉身跟著她一起逃跑。

第十八章　合奏

就在塔森妲領著達夫黎遠離房間時，黎明到來。她的視力原本就因威莉雅的光束而模糊不清，隨著太陽升起更是就此消失。第二種黑暗降臨，她只好靠著觸覺沿著走道移動，一邊拉著身後的達夫黎。

威莉雅的腳步跟在後面。「我應該要堅強到足以親手殺了妳。」女孩的聲音在墓穴迴盪，「我刺殺僧侶時並沒有猶豫，好讓我的鬼魂們能順利進入教堂。在那之後，我在村子裡站在妳身後，手握著刀……然後我聽見妳開始唱歌。我一直都很喜歡那首歌，塔森妲。」

塔森妲奮力前進，一手感覺著墓穴的牆面，另一手牽著達夫黎。抛光過的冰冷石面擦過她的手指，是一個又一個墳墓。

「威莉雅，」她說，「這太瘋狂了，妳不是這樣的人！」

「我是什麼樣的人，塔森妲？我是眾人看見的充滿自信的女孩嗎？還是妳看見的害怕的女孩？知道每天晚上，黑暗都會再次找上她……」

「不，威莉雅，」塔森妲來到墓穴中的一處交叉口，樓梯應該在左邊……但低語者們會從那個方向過來。她在黑暗中轉身面向威莉雅聲音的來源，「拜託妳。」

「這才是我們該有的樣子，塔森妲，」威莉雅說，「我們兩個有著同一個靈魂，而我們的力量……一直都只是它**可能**達到的模樣的一部分。我需要其他人的靈魂才能將元體拼湊完整。可我不用爲此感到內疚，這是無法避免的，元體注定要再次合而爲一。」

「那僧侶們呢？」塔森妲質問，「妳殺害他們的理由又是什麼？」

一陣沉默。達夫黎在一旁拉著她，接著悄聲咒罵。他似乎恢復視力了，因爲他往樓梯的方向前進，又猛然停下，代表他應該看見了那邊的遊魂。

「我**拒絕**再次示弱，塔森妲，」威莉雅說，「我收回的每一點力量都給了我更多光。現在我只在午夜前後幾小時會失明；如果我拼好元體，就能變得完整，我就再也不會被困在那個恐怖、無法忍受的黑暗中了。」

從她妹妹口中聽見如此殘酷的話語，著實非常怪異。

「來吧。」達夫黎拉著她的手遠離逼近的低語者。

塔森妲抵抗他。她一定能讓威莉雅明白的，一定……

「我知道那個語調，」達夫黎說，「她聽了太多元體的承諾，所以開始相信它了。**來吧**。」

塔森妲不再抗拒，讓他拉著進入墓穴的一條岔道。沒希望了，遊魂會淹滿整個區域，很快她和達夫黎也會成爲那群低語惡靈的一員。

不過她繼續在黑暗中跟著走，前進時覺得自己好像……聽見低語聲以外的東西，一首既遙遠又接近的歌。不知爲何，她就是知道她只能在第二種黑暗中聽見這首歌。那歌曲很遙遠，微弱的樂音既短暫又無法企及；同時卻又很接近，因爲它穿透一切聲響，觸動著她的心弦。

那**是**什麼歌？

達夫黎拉著塔森妲在通道中快步前進。他的視力終於完全恢復了，但塔森妲明顯陷入了她的目盲詛咒中。

我眞蠢，他心想，我早該想到這個結果。他認知到塔森妲的力量理當能影響遊魂，卻沒想到據說已死的雙胞胎姊妹更有機會做出這件事。也許就像她說的，她殺害父母只是個無心的過錯，但她需要一個代罪羔羊來嫁禍，還有誰會比莊園之主更適合？

如果她在那時就停手，很可能沒人會發現眞相。但元體耳語著需要更多，所以攻擊商人的事件發生了，還被僧侶目擊到。她是不是將他刻意安排在那裡以支持她的故事，指稱達夫黎就是凶手？無論如何，有人必須看到達夫黎，因此某人製作了服裝來模仿他，而他竟沒有懷疑可能是村裡裁縫的女兒？

「達夫黎，」在他領著塔森妲走進另一條通道時，她嘶聲說，「注意看牆上的壁畫，羅姆說有些後面是可以離開墓穴的祕密通道，放息靈石的房間裡就有一條。」

走廊末端出現綠光，他猛然停下腳步。地獄火啊，連這個方向也有？他立刻轉身拉著塔森妲進入一條岔道。

使用我吧，元體說，時機早就到了。

他忽略元體，反而開始確認他的資源。他沒剩什麼了，火焰咒已經消失了，驅魔咒也一樣；武器召喚咒還在，但完全沒用處，就跟那個讓墨水顯現的傻咒語一樣。

那麼修道院長的力量殘餘就是他僅剩的能力了。好吧，還有他的最終手段——他能離開這個時空，從黑暗虛空穿越到另一個時空。不過他什麼都帶不走，需要放棄他在這裡建立的一切。

*你要像懦夫一樣逃跑？*元體問，*寧願那樣也不使用我？為什麼？*

他冒險回頭看，病態的綠光在牆上穿入穿出，朝他逼近。年輕女子——塔森妲的妹妹——站在低語者後面，只是一道人影。

好吧，他唯一的機會就是找法子離開迷宮，逃到宅院裡尋求增援。他向前舉手，準備好承受強力的痛苦，接著使用院長的天賦，強迫遊魂變爲實體。

他身上發出一道閃光，掃過整座墓穴。那股力量將顫抖的低語者從牆壁中逼出，擠進通道中。突然有了實體的鬼魂彼此碰撞、堆疊，堵住向前的通路。他們的嘴巴恐怖地扭曲著，不過並沒有尖叫或呻吟，只是持續低語著。

最前端的幾個遊魂脫離了堵塞處，達夫黎趕緊再次抓起塔森妲的手，走進另一條滿是墓室的走廊。燭光照亮了這條通道，不過由於修道院的維護人員已經倒下，所以蠟燭燒得很短。

他拉著塔森妲躲進一處角落，噓聲要她安靜，接著使用墨水咒在牆上塗上類似人影的黑漬，朝向右側的走廊深處延伸。他停止呼吸，等著遊魂接近。還好他們上當了，追逐影子而去。

他拉著塔森妲的手離開角落往右前進，希望通道能夠繞一圈通回息靈石的房間。難聽的低語聲在隧道中迴盪，似乎從四面八方傳來。

「威莉雅一定知道那些祕密通道，」塔森妲低聲說，「他們把她的屍體帶來這裡後，她一定是用這個方法出入的，小心點。」

「她放了遊魂在站崗，阻止我們往那個方向過去，」達夫黎小聲說，越過角落偷看，「有什麼繞過他們的好主意嗎？」

「沒有，」塔森妲盲目地望著前方，「她怎麼有辦法做出這麼糟糕的事情？她……她假死，對吧？她假裝自己被低語者攻擊了，也許想藉此免除嫌疑。她知道他們會帶她來修道院，而不是讓她回歸沼澤，但她是怎麼欺騙我們的？」

「我猜是刻意攝取過量的灰柳，」達夫黎說，「這種茶葉有鎮靜效果；如果過度攝取，就會讓人進入假死狀態。」他曾聽過類似的事有時會發生在農夫身上。

達夫黎轉身拉著她往另一條隧道前進，但她反扯他。「你有聽到那首歌嗎？」她問。

「沒有，」達夫黎說，「我只有聽見遊魂的聲音。」

他用力拉著她前進，轉過另一個轉角，接著停下。發出綠光的遊魂正從這方向朝他飄過來。

好吧。他沿原路跑回，轉向另一個方向，然後再次停下。一名高瘦的人影站在隧道末端，擋住樓梯口，被身旁竊竊細語的綠色鬼魂給照亮。

他有點想靠蠻力制伏她，她不過是個十五歲的女孩。但他認得她眼中閃爍的綠光：力量，且龐大到難以想像。就算他能越過遊魂碰到她，她體內的元體也能保護她不受傷害。

「你願意做什麼事？」女孩問，「如果你知道自己可以再也不用害怕、再也不會被獵捕？能夠永遠驅除那些在深夜抓著家門的怪物；終於有一次可以去掌控，而不是被掌控？」

「我了解妳的感覺，」達夫黎回話，聞到了鮮血與煙霧，「但凡事總有代價，有時高到無法支付。單純的經濟原理。」

是時候了！元體說，你還在猶豫什麼？

威莉雅揮手，遊魂飄進通道，這次他們比較小心沒有絆住彼此。達夫黎準備向左逃跑，但塔森妲拉著他的手往另一個方向去。「不，」她說，「往這邊，朝著歌的方向。」

「那是條死路，」他說，「我們之前去過了。」

「那裡有一幅壁畫，」她說，「可能是出路？」

她鬆開他的手往那個方向跑去，遊魂大舉湧進走廊，達夫黎邊咒罵邊不情願地跟上。

她的手指摸著粗糙的石面，空氣冰涼，滿是塵埃。第二種黑暗吞沒了她。

還有那首歌，甜美、優雅而哀傷。

塔森妲感覺到隧道開闊成圓形的房間。她記得這裡，這是他們暫放屍體等待下葬的房間。她顫抖著觸摸房間，直到她碰到妹妹曾躺臥在上的空木板。

這一刻，塔森妲才終於接受了發生的一切——她的妹妹是凶手。

可憐的威莉雅，害怕著第二種黑暗。她一直逃避著，但到了最後，那黑暗反而完全占有了她，只是方式不同於她們所害怕的那樣。

「妳有辦法打開祕密通道嗎？」達夫黎說，他的靴子踏進房間時發出摩擦聲。

那道旋律……縈繞不去……

那首歌現在更接近了。塔森妲在房內摸索，直到她碰觸到後牆上的雕刻。是無名天使的浮雕。

「莊園之主。」威莉雅的聲音在房間迴盪。塔森妲覺得她正在通道內往這間房間而來。低語者們跟著她，聲音交疊在一起。「你的名聲很有用處，所有人都急著相信你就是凶手。」

「我們來做個交易吧，孩子，」達夫黎說，「我不會拿金銀財寶來侮辱妳，但我的價值可是遠超過那些世俗之財。讓我活下來，我可以告訴妳許多關於妳腦中聲音的資訊。」

「它說你會想要交易，」威莉雅悄聲說，「但它也說你有著我想要的東西，某種讓我變得更強大的東西，強大到永遠沒有任何人能夠挑戰我。」

塔森妲觸摸雕刻，感覺著石頭的輪廓。她摸到天使的手，其上拿著息靈石，按鈕就在那裡。

「妳要殺了自己的親生姊妹？」達夫黎問，「眞的？妳就這麼沒心沒肺？」

威莉雅沉默了一下。塔森妲能聽見她的呼吸聲在失控的邊緣。她很靠近了，也許就站在房間外的隧道口。

「塔森妲，」威莉雅的聲音冰冷刺骨，「有著天使般的嗓音。妳知道天使是怎麼對待我們的嗎，莊園之主？和此地的所有領主、怪物、惡魔對待我們的方式沒有兩樣。他們讓我們流血，所以我們也回敬他們。」

按照羅姆先前的手法，塔森妲以正確的方式按下石雕。牆壁發出喀啦聲，接著因爲她的體重而被推開數吋。她推門進入祕密房間，此處就是那首歌的源頭。

她身後的達夫黎倒抽一口氣。

「怎麼了？」她問，「你看見什麼了？」

「是……她。」

第十九章　合奏

那是天使。

她的翅膀被盯在牆上。

她身形美麗又令人陌生，皮膚蒼白如月，髮如薄紗。身著紅白長袍的天使，癱倒在單調的房間地板上。色彩與灰暗相對，就如同墓碑上放置著玫瑰。她的頭低垂，雙翼如戰旗般在身後張開，但數根粗大的鐵釘刺穿了翅膀，牢牢釘在石牆的裂縫裡。

達夫黎看呆了，忘記了遊魂，也忘了劇烈的頭痛。憤怒、煩躁，就連些微的懼怕都在這難以置信的景象前消融殆盡。

無名天使。她眞的存在，就在這裡，令人著迷。

如今卻已經死了。

塔森妲摸索進入房間，接著跪下。天使的軀體並沒有任何動靜。塔森妲伸出手輕撫天使人偶般的臉龐，接著將其輕輕捧起，觸摸著她的肌膚。女孩目不視物，並沒有發現天使的喉嚨已經被劃破了。那件長袍原本一定是純白的，鮮紅色的部分全是鮮血。

多麼驚人的浪費啊，讓如此美麗的存在在這簡陋的牢房中被玷汙，多麼不公不義。這應該是凡人死亡的地方，如此天仙般的存在不應遭受這種塵世結局才對。

蠢蛋，達夫黎對自己感到生氣，你的人性背叛了你。這個生物並不純淨、不華美，也不是純然的善，她被創造的目的，就是爲了煽動你的這些情緒。

無論如何，這裡並沒有祕密通道。塔森妲打開的祕密石門後方，只有這間窄小的牢獄。

他轉身向看威莉雅。年輕女子站在葬儀房的門口，身邊鬼魂發出的綠光照亮了她身後的通道。蠟燭在壁龕內搖曳，照耀待葬的遺體再投下晃動不定的陰影。

威莉雅的目光越過他，看著無名天使。

「她不會腐化，沒人知道爲什麼。就算過了這麼久，血依舊是溼的。你知道嗎，他們強迫羅姆下手；當她發瘋時，他們把她關了起來。羅姆來修道院是爲了逃避鮮血的，但他才剛來到這裡，他們就強迫他殺害了我們的神。」

她抬頭，心神不寧地與達夫黎對上視線。「我在……第一次使用力量後來過這裡。

就在我對父母下手後。我沒有說我做了什麼事，但我哀求僧侶們向我保證、保證天使是真的。他們給了我一些虛假的保證，但羅姆……我想他忍受不住了，就帶我來下面這裡展示給我看。我就是在那一刻理解了，沒人能夠保護我，我必須依靠自己。」

「元體會吞噬妳，」達夫黎低語，「它會持續供給妳力量，直到妳所愛的一切都毀滅殆盡。」

「我不在乎。」她說。

「我知道妳現在不在乎，但妳總有一天會的。」

威莉雅向前一指，原本停在她身邊的遊魂們瞬間湧進房間，朝達夫黎而來。

地獄火啊，他還剩下什麼？武器召喚咒？毫無用處；塔森妲的守護力量？只剩下僅存的一點點了；墨水咒？可以在靈魂離體的時候在牆上寫下遺言。

他只剩下兩張牌了，一個是元體。

另一個是離開的能力。

達夫黎向後退，很快碰到了塔森妲，她還跪在死去的天使旁邊，正在低聲哭泣，哀傷的曲調離唇而出。

達夫黎明知道他應該趕快逃；離開這個時空，溜進黑暗虛空中逃之夭夭。在內心深處，他知道這最後的能力就是他的信心來源。如果事情變得太糟，他總是可以選擇脫逃。

你……你真的只是個懦夫，元體在他體內說，似乎真的很驚訝，我以為你之前逃脫，是因為你很有智慧，明白那些追殺你的人太強大了，但現在……現在只要你想要，你就有足夠的力量可以擊敗他們。結果你還是想著要逃走？

達夫黎集中精神，將元體與逃脫的念頭推開，使心智撞向威莉雅。他想像著自己的力量如劍一般刺穿她的頭顱。

威莉雅低吼，向後退好幾步。她的控制力下降了。她的經驗不足、練習也不足，僅這一瞬間，達夫黎接觸到了潛伏在她體內的力量。

地獄火啊……

達夫黎的心智如爆發般擴張。眨眼間他看到了上百個不同的時空，看到數百萬人生活、戀愛、進食、睡著、呼吸、死去，渾然不知自身有多渺小。

當他許多年前初次碰觸元體時，也發生過同樣的事。

大部分的人都如此地無關緊要，但有些……有些人卻能撼動世界；有些人能創造世界。他不顧一切地想要成爲他們的一員：控制宿命的人，而非被其控制。那與他的生活，或是所有人的生活都互相矛盾。他明白動機是世界運作的原理。說到底，人只是本能的動物。

但達夫黎．凱恩想要相信自己與眾不同。

他失去控制。達夫黎太疲累了，而威莉雅體內的力量又太廣大了。他永遠無法擊敗它，除非他使用自己的元體。達夫黎被逼退，房間周遭再次出現在他的知覺中。

遊魂包圍了他。他們抓著他，冰冷的雙手沉入皮膚，拂過他的靈魂。達夫黎呻吟，身體癱軟，被許多鬼手牢牢撐起。他們刺著他的靈魂，就像烏鴉啄食戰場死屍的腸子。

塔森妲的歌聲變強，那是獻給逝者的輓歌。

達夫黎在低語者的觸碰下低聲哀吟，感覺到他的靈魂——他的**存在**——正從身體中滑出。他使用最後一點塔森妲的力量來抵抗他們，但也只能勉強阻止靈魂被奪走。此刻，他崩潰了，試著逃進黑暗虛空，離開這時空。

然而他失敗了。

低語者抓住他的靈魂，藉由碰觸將他錨定在這裡。他又試了一次卻再度失敗。

這麼長時間以來，達夫黎．凱恩感受到眞正的恐慌。

是時候了，元體說，你知道的。

不。達夫黎想，同時聞到了鮮血與煙霧。

爲什麼？元體質問，你爲什麼要抵抗？使用我！

不！

爲什麼？你爲何寧願死去？

「我，」達夫黎尖叫，「不會再變成那個人！」

他閉上雙眼，等待著無可避免的結局。

我知道了，元體說，你不是我所想的那個人。就這樣吧，去死吧，我會再找別人的。

他的力量耗盡，無計可施。達夫黎癱軟在遊魂的掌握中，卻發覺他們鬆開了對他靈魂的抓握。

他睁開眼，四周的遊魂全都停下動作、收回了雙手。他們看向一旁，難道是在看死去的天使？

不，遊魂正看著塔森妲，她的哼唱聲在房內響起。一直以來她的歌都對這些怪物無效，他不明白為什麼會這樣，也不知道有什麼改變了。是她的歌曲，他想，她正在哼的這一首，跟之前不同嗎？

精疲力竭的他從體內找出僅存的咒語之一，然後施展它。簡單的召喚咒。那把提琴出現在他手中。「塔森妲，」他說，「無論妳在做什麼，繼續做就對了。」

塔森妲抱著死去天使的臉龐輕輕哼著歌。就是那首歌引領她從遠處來到這裡。她身旁低語者的聲音逐漸消失，接著她又聽見她的提琴突然出現，像是對答般回應起她的歌聲。

她被第二種黑暗所環繞，但抬頭向上一看，發現似乎有什麼在她頭上閃耀著。是個由純白光芒構成的人影，雙翼似乎延伸至無限遠處。

「塔森妲，」達夫黎開口，塔森妲感覺到他倉促越過石地板靠近她，「這首歌……不一樣。低語者停下來了，似乎在聽歌，就連妳妹妹好像也被迷住了。」

「我不知道這首歌，」她低聲停止歌唱，「我忘記了。」

「那一點道理也沒有，繼續唱就是了！」

但塔森妲反而朝著上方的光芒伸手，那個人影也伸出手觸碰她。

「天使的靈魂，」塔森妲輕聲說，「還在這裡，就像那些信徒的靈魂一樣被留在這裡……」

「胡說八道，」達夫黎說，「天使是魔法生物。跟惡魔一樣，他們沒有靈魂。」

但塔森妲還是觸碰到了光。

孩子，一個似曾相識的聲音說，妳爲何停止歌唱？

「我怎麼能唱那首歌？」她悄悄地說，「他們全都死了，連我妹妹也落入眞正的黑暗中，我現在怎麼**可能**唱歌？」

現在正是需要歌聲的時刻。

「守望之歌沒有效果。他們明明需要我的幫助，那首歌卻救不了他們。」她低下頭，「已經不再有光明了，我看不見。」

這就是關鍵，塔森妲。當夜晚變得寒冷、黑暗找上妳時，妳會怎麼做？

她抬起頭。

如果妳可以選擇，那個聲音問，妳會唱哪一首歌？

「那很重要嗎？」

一直都很重要。聆聽音樂吧，孩子。聽，然後唱吧。

塔森妲開始哼歌。她的提琴再次回應，像是在鼓勵她，而她體內彷彿有某種東西在翻動。她起身將手搭在達夫黎肩上，小心地從他手中接過提琴，接著走回葬儀房內。

她好像走進了寒風中，死去的鬼魂圍繞著她。這些低語者曾是她所知的人們；他們不是怪物，而是她的朋友、家人、所愛的人，只是他們忘記了。

是時候讓他們想起來了。

塔森妲張口歌唱。她唱的不是守望之歌——那一直都是在第一種黑暗中唱的歌，在人們睡眠時唱的歌，在憂患之地門起大門的歌曲。感覺著遊魂的手指拂過她的皮膚，她唱起另一首歌，那是她年幼時唱的、眾人工作時在一旁唱的歌。

那是人們生活的歌。這首喜悅的歌，讓她在開口後心中也再度燃起喜悅。雖然她從未見過太陽，卻也感受過那股溫暖。隨著她回憶起暖陽下的日子，皮膚上的冰冷手指似乎也逐漸溫暖起來。她想起來了，對著工作的人們、村裡的女人，還有圍在身邊的小孩唱著快樂旋律的那些日子。

要在黑暗中找到溫暖很困難。但當夜晚變得寒冷，黑暗找上你時，你需要做的就是點起火。

創造出自己的光。

達夫黎背靠著牆。他太累了，無法站起身，除了爬向那女孩以外什麼也做不了。塔森妲的歌曲響徹房間，聲音有著不協調、幾乎是**不可能**的喜悅。感覺不像是會在墓穴或整夜被鬼魂追殺後該唱的歌。

遊魂僵在原地，被這種古怪、幾乎忘卻的情緒給迷住了。他們的主人，也就是塔森妲的妹妹，轉過頭閉上眼，就好像突然看見耀眼的光芒，不過達夫黎並沒有看見類似的光。

接著，遊魂的臉開始融化，或者說……他們開始反融化了。遊魂停止顫動，從扭曲中恢復；空洞的眼神開始恢復神智，嘴巴也從大張的無底洞縮回爲一抹微笑。在他的周遭，夜裡的怪物開始變回洗衣婦、農民、鐵匠以及孩童。

他這輩子從來沒有因爲看到一群平民而這麼開心過。

那首歌充滿整個房間。石頭像是在打節拍般振動。興高采烈的樂曲穿過達夫黎的身體，他發覺自己站起身，疲勞在這美妙、狂歡的樂音中被一掃而空。

威莉雅反而憤怒地吼叫，整個人明顯在顫抖。她狂亂地向前進，整個人失去控制撲向她姊姊，似乎想抓住塔森妲並勒死她，或從她身上奪取力量。

妳休想。達夫黎想，指著她並施展腦中最後僅存的一點咒語——那道墨水咒。

他施咒將威莉雅的眼睛塗成黑色。

她立刻尖叫，一個踉蹌跌倒在地。「黑暗？不，我已經驅散你了！」她顫抖著，雙手舉到眼前卻無法看見。「第二種黑暗……」

地獄火啊。塔森妲的歌聲淹沒了威莉雅的哀痛哭喊。這首曲調實在太過歡樂，連他都想跳舞了，他欸。達夫黎忍住衝動，此時歌聲已擴散至整座墓穴。墓穴隨著曲調熱烈地振動起來，就連骸骨都開始興奮地喀喀作響。

遊魂們開始走向塔森妲，發出的綠光跟先前的病態光芒相比充滿了活力。他們一個接一個融入塔森妲，與她散發的光芒合而爲一。遊魂成群湧入房間，速度越來越快，加入那股脈動的光芒。

最後，塔森妲獨自站立，面對蜷縮在地上的妹妹。

「我不懂。」威莉雅抓著自己的臉，試圖恢復自己的視力，「遊魂怎麼了？」

「他們記起自己是誰了。」塔森妲說。

「那首歌，」威莉雅抬頭，「我記得那首歌。塔森妲……我只是想要逃離黑暗。」

「我知道，但妳不應該藉由放逐身邊所有人來達成這點。」塔森妲伸出手觸碰她妹妹。「我很抱歉。但威莉雅，對妳來說，還有第三種黑暗。」

塔森妲輕推她妹妹，威莉雅的軀體向後傾倒，一撮光芒從她身上冒出。是靈魂，散發著病態的綠光；光芒扭曲後旋即快速地淡化消失。

威莉雅死去後，第二道更加強大的綠光從她的身體噴出，流向塔森妲。塔森妲的頭向後仰，雙眼大睜，光芒籠罩著她。

這是你最後的機會了，元體在達夫黎體內說，她會因爲那股力量而暫時動彈不得，而你的能力給你帶來絕佳的機會。出手奪走她的力量吧，達夫黎，你還是有機會同時擁有我們兩者！

元體說得對。達夫黎本能地探入。他發現沼澤的所有力量正在塔森妲體內安定下來。它並不像之前一樣反抗他；在這瞬間，它就和塔森妲一樣困惑。

他有能力奪走它。當下，他看見了自己成爲兩個元體的主人，力量無人能夠匹敵。他還看見眾多王國臣服於他，看見自己有力量能夠擺脫宿命、超越命運，立於數百萬人之上。

力量，**無與倫比**的力量！

還有隨之而來的悲慘。望眼所及之處皆是殘破的屍體。他看見自己成爲那個惡人，坐在苦痛的王座上；看見自己被迫毀滅一個又一個勁敵。

沒有時間休息，沒時間玩拼字遊戲；沒辦法在寂靜的夜裡閱讀，高水小姐在一旁嘗試烹調人類食物。

達夫黎·凱恩不是英雄，但他知道自己想要什麼樣的生活。在他親身經歷了很糟糕的事後，才理解到這一點。

他不會再次成爲那個人，所以他鬆開手遠離那股力量。

塔森妲恢復了視力。

她倒抽一口氣。光芒在她體內舒展，那美妙、翠綠的純淨光芒強烈到像能穿透紙張一樣，照亮周遭的岩石。

妳被選中了，一個聲音在她腦中說，而且妳做得很好。

塔森妲在這股她熟知的力量前跪了下來。就是這股力量創造了她，賦予她生存的目標。他們稱之爲沼澤的力量、迫近地的祕密。

她的命運。

「你……」她低語，「你在我們所有人裡面，迫近地的所有居民。但在我和我妹妹體內最強，分裂到我們兩人體內是個意外嗎？」

不。我通常會尋求最強大的宿主，元體說，不過當修道院開始虹吸我的力量，我必須加速這個過程。

光芒增長，吞沒了她看到的一切。她的靈魂隨著歌曲的純粹之美振動著。而在元體內部，她看見了數千名迫近地所培育的靈魂。元體將力量播種在他們體內，讓其隨著靈魂成長，接著在人們死去時將已經茁壯的力量重新回收。

「我妹妹，」她說，「我們能復原她嗎？我們能讓一切回到……回到之前的樣子嗎？」

沒辦法。妳妹妹的選擇改變了她，也永遠改變了她周遭的人。這就是生命，與成長。

「我不喜歡這樣，」塔森妲說，「我已經重新發現了喜悅之歌，事情不是應該好轉起來嗎？」

的確不一樣了，但「好轉」只是種人類的認知。無論如何，我不會強迫妳要接受我。如果妳想要將我釋放給其他人，妳可以那麼做。或者，妳也可以留下我，並使用我的力量。

「那……那對我會有什麼影響？」她問，「我會和威莉雅一樣變得邪惡嗎？」

那取決於妳的選擇。但不論哪個選項，妳都無法再回到過去的樣子了。妳可以放棄我，回到妳的村莊，就此改變；妳也可以持有我，就此改變。

因爲只有死者才會停止改變。

塔森妲動搖了一下，接著做出決定。

我要持有這股力量。

視野如一座山般撞向她。她看見……許多世界，成千上百個世界，而且有好多人。

力量滲透了她。她瞬間知曉住在迫近地世世代代的人民；來自過去的記憶，先人們的本質。她在如此重壓下倒抽一口氣，成爲了持有數千條靈魂的人。

接著……她放了其中一些離開。元體並不滿意，但她才是它的主人。她不會留下那些還能活下去的人的靈魂。她放開了約戈和他的家人、學校老師達克娜、磨坊主人赫迪卡、羅姆與僧侶們——每個身體都還活著、等待著靈魂回歸。

那不包含她的父母，他們已經沒有軀體可以回歸了。那些靈魂緊靠在她自身的靈魂旁，溫柔又暖和。但她妹妹的靈魂除外。塔森妲收回了她所持有的力量，但可憐的威莉雅……她已經不在了。

塔森妲的光輝延展，她**就是**這股力量，就是這些靈魂。沼澤的元體、沃拉森的塔森妲，還有其他數千人合而爲一。

塔森妲轉身，看向牢房裡雙翼被釘住的可憐屍體。

「我看見天使的靈魂了，我觸碰到她了。」

我不曉得這件事，元體說，我不認爲這種事有可能發生。

但那是眞的。她是兩個世界、兩個神明、兩種理念之下的孩子。她思考這件事時，體內深處有股力量被喚醒，向外爆發。

等一下。

她走向達夫黎，伸手觸碰他的側臉。他看起來眞的很憔悴。

「謝謝你。」她說。她的聲音在自己耳中聽起來，就像有數千人的嗓音重疊在一起。接著她將力量探進他腦中，取回他早些時候從她身上偷走的一小片力量。「但以後別再探進我的腦海了。」

之後，有生以來第一次變得完整的塔森妲，就此消失。

終曲

對達夫黎來說，頭痛是種熟悉的疼痛。

那就像家人造成的疼痛。因爲太了解那種感受，以至於有時候你會對其感到歡迎，甚至幾乎要將其錯認爲其他東西。

達夫黎握著他的茶，坐在修道院長書桌後方的位子上嘆口氣。他持續微調著面前以惡魔文字撰寫的契約，但頭痛的確讓這項工作變得有點困難。

再說一次，爲什麼你治不好頭痛？他問元體。

它沒有回覆。

還在生悶氣？他問，因爲我沒有掌握住那股力量？

深思熟慮中。它緩緩地說，我一直以爲你某一天就會覺醒。我不得不認知到情況可能不是這樣。你不值得持有我，以後也不會。

別這樣嘛。達夫黎回應，想想看，如果有另一個元體在爭奪我的注意力，你會有多

嫉妒。

你徹底失敗了，達夫黎・凱恩，它說，你總有一天會知道代價的。當你的所愛燃燒殆盡時，你會詛咒自己。但不是因爲你擁有太多力量，而是因爲你的力量不足以阻止你的敵人。

達夫黎打了個冷顫。元體說話的方式帶有一種……它從來沒表現出的敵意。

他們會找上你，元體警告，那些搜尋你的人會聽說這裡發生了什麼事。你的作爲導致自己永遠、永遠都無法再次躲藏了。

元體再次陷入寂靜。

達夫黎輕聲嘆氣，接著啜了口茶。美味的花香在他口中散開。在這當下他並不是特別在意元體，他對茶的鎮靜效果很滿意，這對他的頭痛總是很有幫助。

書桌前的地板上，一具軀體開始晃動。修道院長睜開了眼睛。達夫黎能夠聽見其他僧侶開始甦醒的叫喊聲，那女孩在離開前歸還了他們的靈魂——在發現修道院長有呼吸之後，他確信了這點。但看來身體要完全恢復還需要多一點時間。

院長坐起身，將雙手舉到眼前。她抬頭注意到達夫黎坐在她的書桌前，皺起眉頭。

「妳對我說謊，梅林黛，」達夫黎緩慢地說，「妳向我隱瞞了一個天大的祕密。」

「我……」

他舉起茶。「我在妳的櫥櫃裡找到一整罐的沃拉森灰柳茶，」他說，「妳最好趕快解釋清楚。」

她皺眉。

「還有另一件小事，」達夫黎補充，「妳的地下墓穴裡關著一名天使，她持續從沼澤那緩緩地吸取力量，蓄積了大量沒有去處的能量，等著某個蠢蛋去濫用它。但說眞的，我們還是把注意力放在最嚴重的問題上吧。妳確實告訴過我妳已經沒有茶葉了。」

她起身望向窗外初昇的太陽。「發生什麼事了？」

「嗯？」達夫黎啜著熱茶，「喔，威莉雅．沃拉森回收了被困在墓穴中的力量後，不小心殺了她的父母。她回到這打算告解，卻發現你們殺了她的神，因此喪失信仰，改爲開始收集沼澤的力量。在它的蠱惑下，又開始奪走沃拉森村民的靈魂。」

「地獄火啊，」修道院長喃喃自語，「年輕的威莉雅？你確定？」

「嗯，她昨晚前幾次嘗試殺我時，我還有點不確定。但當她指揮一整群遊魂，要把我的靈魂從身體裡挖出來，我才恍然大悟。」他繼續啜著茶，「順帶一提，我阻止她了，不用客氣。」

「這是你的職責，」她說，「你是迫近地的領主。」

「我眞該好好讀讀整份契約，」達夫黎說，「裡面哪個部分有寫到要幫你們擦屁股的？就寫在風險自負的警告下面，是嗎？」

她沒有回應，反而站在陽光下閉著眼睛，長嘆一口氣。

達夫黎用手指碰著他放在桌上的劍，劍的外型修長、彎曲又怪異。可憐的嘎吱吶，如果達夫黎說他會想念那個笨蛋會不會很奇怪？他再也找不到取笑起來這麼好玩的惡魔了。

「我們得做好準備，」達夫黎啜飲著茶，「在昨晚到今早的事件後，可能會有更多人來……打聽我，某些我們沒那麼容易打發的人。」

她瞥向他。

「在妳的地下室裡發現一個死掉的神還是有點嚇到我了，梅林黛。」

「她不是我們的神，」修道院長說，「她跟沼澤沒有多少不同。她是我們的負擔，他們兩個都是。」

「至少現在他們是其他人的負擔了，」達夫黎說，「可憐的女孩。」

「你這句話是什麼意思？」院長轉過身來，接著臉色一白，看向他正在寫的文件，「你居然用惡魔法術來褻瀆我的修道院，凱恩？你怎麼敢——」

他抬頭用筆指著她。「別對我說教，**不准**。況且這幾乎算不上是魔法，只是份鼓勵黑暗力量的法律文件，提醒他們其中之一有機會能夠先贏到我的靈魂。」

希望這管用，他幾乎都想向那個死去的天使祈禱了。

拜託……

只聽見建築下方傳來驚嚇的尖叫聲，他的心跳漏了一拍。達夫黎立刻跳起來將布包夾在腋下推門離開，跑下走廊，跟隨著喊叫聲進入地下墓穴。修道院長則跟在他身後。

他快步抵達原本放置息靈石的小房間。好幾名年輕僧侶在房間裡恐懼地尖叫。他們原本大概想把那玩意拼回去，結果一個由黑煙構成的人形突然出現，打斷眾人的動作。

達夫黎快速解下他的斗篷，披在逐漸成形的形體上，不過那並沒有完全遮住她。高水小姐的現身讓修道院長倒抽一口氣，其中一名僧侶還真的昏過去了。

「別盯著看，」達夫黎對其他人說，「那只會鼓勵她。」

惡魔對上他的目光，嫣然一笑。

他鬆了一大口氣，是**她**的微笑沒錯。他有點擔心滿足他所寫下的條件的，會是另一名新的怪物。

「我們贏了嗎？」她問。

「說實在的，我不確定。」達夫黎說，「我的平民們都回來了，但我們的音樂家女孩帶著深不可測的遠古力量一起昇華了。」

高水小姐以她獨有的方式，伸手索取她所預期的東西。達夫黎微笑著從布包裡取出帳本交給她。

她看向僧侶們，那群人正偷偷離開房間。修道院長雙臂交疊，但很明理地並沒有打算指責他的樣子。

「只有一個人昏倒，」高水小姐嘀咕，「我真的生疏了，對吧？還有你，你讓那女孩帶著沼澤的力量逃走了？真的？」

「我忙著在哀悼嘎吱吶的英年早逝。」

「你這呆瓜。」她翻閱著帳本以及其後的筆記，「你愛怎麼開玩笑都行，但我知道你還是會想念牠的。還有什麼我該知道的事嗎？」

「僧侶們藏著一名天使。他們在她發瘋後把她關了起來，接著命令可憐的羅姆割斷她的喉嚨。」

「眞可愛，」她說，「我還以爲我才是惡魔呢。」

「他們可能有開出崇拜對象的空缺，」達夫黎說，「妳可以去應徵。」

「你覺得他們對裸露畫面的規定是什麼？」

「我想是介於『絕對不准』跟『喔，天使在上，我的腦袋要融化了』之間。但往好處想，他們的帽子很棒。」

她呵呵笑。「還是算了吧，我跟某個任性的馭魔師之間還有沒完成的契約呢。至於塔森妲，我想我得追蹤她的下落。說眞的，達夫，你怎麼會讓她偷走力量？」

「也許我並不想要吧。」

高水小姐快速闔上帳本，瞇眼盯著他。

「塔森妲值得得到那個元體，」他說，「大部分的工作都是她做的，例如唱歌，還有取回村民的靈魂。妳該看看她的樣子，非常有英雄氣概。」

「你才不相信英雄主義。」

「沒這回事，」他說，「我完全接受那是一種人們相信自身所具有的特質。至於沃拉森小姐嘛，事實是我需要證明一個論點。」

「什麼都不做能夠證明什麼？」

「證明什麼都不做才最適合我。」他朝她伸手，她搭上他的手臂，「來吧。妳覺得我們能叫村民今天就開始收成嗎？他們死掉了一整天，應該休息夠了吧？我只剩下最後一罐茶葉了……」

〈全書完〉

中英名詞對照表

A

Ahren　阿倫

apparition　亡靈

Approaches　迫近地

Archangel Sigarda　大天使席嘉妲

Ashwin　艾胥溫

Avacyn　艾維欣

banshee　報喪女妖

B

Barl　巴爾

Blessed Sleep　祝福永眠

Blind Eternities　黑暗虛空

Bog　沼澤

Bosomheavia　大波妖女

Brerig　別里格

C

Cabralin　卡柏林

cathars　護教軍

Crunchgnar　嘎吱吶

D

Dakna　達克娜

dampening ward　阻滯咒

Davriel Cane　達夫黎・凱恩

Dawnhearth　晨爐

demonologist　惡魔學家

destroying light　毀滅之光

Devrik Depths　戴銳克深淵

diabolist　馭魔師

dustwillow　灰柳

dustwillow poisoning　灰柳毒

E

Edwin　埃德溫

Entity　元體

F

Feaster of Men　男人饕客

G

geist　遊魂

Glurzer　格勒澤（酒）

Grart　加特

Greystone　灰石

Grindelin　艮德林

Gritich　格提屈

ghoulcaller　屍鬼牧者

Gurdenvala　葛登瓦菈

Gutmorn　骨特蒙

H

Hartmurt　哈特莫

Hedvika　赫迪卡

host of cleansing　淨軍

House Markov　馬可夫家

Hremeg's Bridge　賀梅格橋

I

Innistrad　依尼翠

J

Jagreth　亞桂斯

Joan　約安

Jorgo　約戈

Jorl　約歐

K

Kari　卡莉

L

Lord Greystone　灰石領主

Lord Vaast　伐斯特大人

Lusciousori　肉慾魅

M

Man of the Manor　莊園之主

Mayor Gurtlen　葛特蘭市長

Merlinde　梅林黛

Mirian　米莉安

Miss Highwater　高水小姐

monk　修行僧

multiverse　多重宇宙

N

Nameless Angel　無名天使

necromancer　死靈術士

necromancy　死靈術

Nexrix Flame Expanse　奈翠司火焰領域

Nightreach　夜若企

Notker　諾提科

O

Old Ulgrothan　上古烏苟坦

overworld　上界

P

Paladin　神聖武士

plane　時空

priest　僧侶

pyromancer　烈焰術士

R

rising wings　揚升之翼

Rom　羅姆

S

Seelenstone　息靈石

silver prison　銀監獄

Song of Joy　喜悅之歌

stitcher　拼接師

Sulterix　邪淫魑

symbol of collar　頸環之印

T

Tacenda　塔森妲

Taria　塔莉亞

Thornbrak　索恩鈸

Thraben　瑟班

U

Ulric　歐里克

V

vampire　吸血鬼

Verlasen　沃拉森

Verminal　焚米諾

Vex　維克斯

Victre 維克特

viol 提琴

Voluptara 歡愉魔

W

Warding Song 守望之歌

Weamer 威默

Whisperer 低語者

Willia 威莉雅

Y

Yledris Bloodslave 夜卓司·血隸

奇幻基地書籍目錄

http://www.ffoundation.com.tw/

BEST 嚴選

書號	書名	作者	定價
1HB004C	諸神之城：伊嵐翠（十周年紀念典藏限量精裝版）	布蘭登．山德森	520
1HB004Y	諸神之城：伊嵐翠（十周年紀念全新修訂版）	布蘭登．山德森	520
1HB013	刺客正傳 1：刺客學徒（經典紀念版）	羅蘋．荷布	299
1HB014	刺客正傳 2：皇家刺客（上）（經典紀念版）	羅蘋．荷布	320
1HB015	刺客正傳 2：皇家刺客（下）（經典紀念版）	羅蘋．荷布	320
1HB016	刺客正傳 3：刺客任務（上）（經典紀念版）	羅蘋．荷布	360
1HB017	刺客正傳 3：刺客任務（下）（經典紀念版）	羅蘋．荷布	360
1HB019	迷霧之子首部曲：最後帝國	布蘭登．山德森	380
1HB020	迷霧之子二部曲：昇華之井	布蘭登．山德森	399
1HB021	迷霧之子終部曲：永世英雄	布蘭登．山德森	399
1HB030	懸案密碼：籠裡的女人	猶希．阿德勒．歐爾森	320
1HB031	迷霧之子番外篇：執法鎔金	布蘭登．山德森	320
1HB034	颶光典籍首部曲：王者之路（上）	布蘭登．山德森	499
1HB035	颶光典籍首部曲：王者之路（下）	布蘭登．山德森	499
1HB036	懸案密碼 2：雉雞殺手	猶希．阿德勒．歐爾森	320
1HB037	末日之旅．上冊	加斯汀．柯羅寧	399
1HB038	末日之旅．下冊	加斯汀．柯羅寧	399
1HB039	懸案密碼 3：瓶中信	猶希．阿德勒．歐爾森	380
1HB041	懸案密碼 4：第 64 號病歷	猶希．阿德勒．歐爾森	380
1HB042	皇帝魂：布蘭登．山德森精選集	布蘭登．山德森	320
1HB047	末日之旅 2：十二魔．上冊	加斯汀．柯羅寧	380
1HB048	末日之旅 2：十二魔．下冊	加斯汀．柯羅寧	380
1HB049	陣學師：亞米帝斯學院	布蘭登．山德森	320
1HB053	審判者傳奇：鋼鐵心	布蘭登．山德森	320
1HB054	懸案密碼 5：尋人啟事	猶希．阿德勒．歐爾森	380
1HB057	刺客後傳 1：弄臣任務（上）（經典紀念版）	羅蘋．荷布	360
1HB058	刺客後傳 1：弄臣任務（下）（經典紀念版）	羅蘋．荷布	360
1HB059	刺客後傳 2：黃金弄臣（上）（經典紀念版）	羅蘋．荷布	360
1HB060	刺客後傳 2：黃金弄臣（下）（經典紀念版）	羅蘋．荷布	360
1HB061	刺客後傳 3：弄臣命運（上）（經典紀念版）	羅蘋．荷布	450
1HB062	刺客後傳 3：弄臣命運（下）（經典紀念版）	羅蘋．荷布	450
1HB068	異星記	休豪伊	340
1HB071	亞特蘭提斯．基因（亞特蘭提斯進化首部曲）	傑瑞．李鐸	399

書　號	書　　　名	作　　　者	定價
1HB072	亞特蘭提斯·瘟疫(亞特蘭提斯進化二部曲)	傑瑞·李鐸	399
1HB073	亞特蘭提斯·新世界(亞特蘭提斯進化終部曲)	傑瑞·李鐸	399
1HB074	審判者傳奇 2 熾焰	布蘭登·山德森	360
1HB075	血歌終部曲：火焰女王（上）	安東尼·雷恩	420
1HB076	血歌終部曲：火焰女王（下）	安東尼·雷恩	420
1HB077	永恆守望	大衛·拉米瑞茲	399
1HB078	EPIC 史詩奇幻：英雄之心	約翰·喬瑟夫·亞當斯	480
1HB079	颶光典籍二部曲：燦軍箴言（上）	布蘭登·山德森	550
1HB080	颶光典籍二部曲：燦軍箴言（下）	布蘭登·山德森	550
1HB081	變態療法	道格拉斯·理查茲	360
1HB082	字母之家	猶希·阿德勒·歐爾森	450
1HB083	刺客系列〈蜚滋與弄臣 1〉弄臣刺客（上）	羅蘋·荷布	499
1HB084	刺客系列〈蜚滋與弄臣 1〉弄臣刺客（下）	羅蘋·荷布	499
1HB085	懸案密碼 6：血色獻祭	猶希·阿德勒·歐爾森	450
1HB086	妹妹的墳墓	羅伯·杜格尼	380
1HB087	刀光錢影 5：蜘蛛戰爭（完結篇）	丹尼爾·艾伯罕	450
1HB088	審判者傳奇 3 禍星（完結篇）	布蘭登·山德森	360
1HB089	刺客系列〈蜚滋與弄臣 2〉弄臣遠征（上）	羅蘋·荷布	550
1HB090	刺客系列〈蜚滋與弄臣 2〉弄臣遠征（下）	羅蘋·荷布	550
1HB091	末日之旅 3 鏡之城·上	加斯汀·克羅寧	450
1HB092	末日之旅 3 鏡之城·下（完結篇）	加斯汀·克羅寧	450
1HB093	軍團（布蘭登·山德森短篇精選集 II）	布蘭登·山德森	380
1HB094	懸案密碼 7：自拍殺機	猶希·阿德勒·歐爾森	499
1HB095	刺客系列〈蜚滋與弄臣 3〉刺客命運（上）	羅蘋·荷布	699
1HB096	刺客系列〈蜚滋與弄臣 3〉刺客命運（下）	羅蘋·荷布	699
1HB097	被遺忘的男孩	伊莎·西格朵蒂	380
1HB098	迷霧之子──執法鎔金：自影	布蘭登·山德森	450
1HB099	失蹤	卡洛琳·艾瑞克森	380
1HB100	雨野原傳奇 1：巨龍守護者	羅蘋·荷布	599
1HB101	雨野原傳奇 2：巨龍隱地	羅蘋·荷布	599
1HB102	雨野原傳奇 3：巨龍高城	羅蘋·荷布	599
1HB103	雨野原傳奇 4：巨龍之血（完結篇）	羅蘋·荷布	599
1HB104	迷霧之子──執法鎔金：自影	布蘭登·山德森	520
1HB105	破碎帝國首部曲：荊棘王子	馬克·洛倫斯	380
1HB106	破碎帝國二部曲：多刺國王	馬克·洛倫斯	399
1HB107	破碎帝國終部曲：鐵血大帝（完結篇）	馬克·洛倫斯	399
1HB108	龍鱗焰火·上冊	喬·希爾	399
1HB109	龍鱗焰火·下冊	喬·希爾	399
1HB110	颶光典籍三部曲：引誓之劍（上）	布蘭登·山德森	399
1HB111	颶光典籍二部曲：引誓之劍（下）	布蘭登·山德森	399
1HB114	大滅絕首部曲：感染	傑瑞·李鐸	399
1HB115	大滅絕二部曲：密碼	傑瑞·李鐸	399

書號	書名	作者	定價
1HB116	大滅絕終部曲：未來（完結篇）	傑瑞．李鐸	420
1HB117	天防者	布蘭登．山德森	420
1HB118	她最後的呼吸	羅伯．杜格尼	399
1HB119	天防者 II：星界	布蘭登．山德森	420
1HB120	五神傳說首部曲：王城闇影	洛伊絲．莫瑪絲特．布約德	550
1HB121	五神傳說二部曲：靈魂護衛	洛伊絲．莫瑪絲特．布約德	599
1HB122	五神傳說終部曲：神聖狩獵	洛伊絲．莫瑪絲特．布約德	599
1HB123	尋找代號八	羅伯．杜格尼	420
1HB124	冰凍地球首部曲：寒冬世界	傑瑞．李鐸	399
1HB125	冰凍地球二部曲：太陽戰爭	傑瑞．李鐸	420
1HB126	冰凍地球終部曲：失落星球（完結篇）	傑瑞．李鐸	420
1HB127C	無垠祕典	布蘭登．山德森	999
1HB128	狼與守夜人	尼可拉斯．納歐達	450
1HB129	栗子人殺手	索倫．史維斯特拉普	499
1HB130	懸案密碼 8：第 2117 號受難者	猶希．阿德勒．歐爾森	499
1HB131	遺忘效應	喬．哈特	450
1HB132	傳奇之人	肯尼斯．強森	499

幻想藏書閣

書號	書名	作者	定價
1HI047	地底王國 1：光明戰士	蘇珊．柯林斯	250
1HI048	地底王國 2：災難預言	蘇珊．柯林斯	250
1HI049	地底王國 3：熱血之禍	蘇珊．柯林斯	250
1HI050	地底王國 4：神祕印記	蘇珊．柯林斯	250
1HI061	地底王國 5：最終戰役	蘇珊．柯林斯	250
1HI062	死亡之門 1：龍之翼（全新封面）	崔西．西克曼&瑪格麗特．魏絲	360
1HI063	死亡之門 2：精靈之星（全新封面）	崔西．西克曼&瑪格麗特．魏絲	360
1HI064	死亡之門 3：火之海（全新封面）	崔西．西克曼&瑪格麗特．魏絲	360
1HI065	死亡之門 4：魔蛟法師（全新封面）	崔西．西克曼&瑪格麗特．魏絲	360
1HI066	死亡之門 5：混沌之手（全新封面）	崔西．西克曼&瑪格麗特．魏絲	420
1HI067	死亡之門 6：迷宮歷險（全新封面）	崔西．西克曼&瑪格麗特．魏絲	420
1HI068	死亡之門 7：第七之門（完）（全新封面）	崔西．西克曼&瑪格麗特．魏絲	360
1HI070	滅世天使	蘇珊．易	280
1HI083	是誰在說謊	卡莉雅．芮德	320
1HI084	超能冒險 1 太陽神巨像	彼得．勒朗吉斯	300
1HI085	超能冒險 2 失落的巴比倫	彼得．勒朗吉斯	300
1HI086	超能冒險 3 暗影之墓	彼得．勒朗吉斯	300
1HI087	滅世天使 2：抉擇	蘇珊．易	320
1HI088	滅世天使 3：重生	蘇珊．易	320

書號	書名	作者	定價
1HI091	混血之裔：宿命	妮琦．凱利	320
1HI093	超能冒險 4 宙斯的詛咒	彼得．勒朗吉斯	320
1HI097	超能冒險 5 時空裂縫	彼得．勒朗吉斯	320
1HI098	混血之裔 2：熾愛	妮琦．凱利	320
1HI099	戰龍旅：暗影奇襲	瑪格麗特．魏絲＆勞勃·奎姆斯	550
1HI100	戰龍旅 2：暴風騎士	瑪格麗特．魏絲＆勞勃·奎姆斯	550
1HI101	戰龍旅 3：第七印記（完結篇）	瑪格麗特．魏絲＆勞勃·奎姆斯	550
1HI102	血修會系列：聖血福音書	詹姆士·羅林斯＆蕾貝卡·坎翠爾	399
1HI103	混血之裔 3：永恆(完結篇)	妮琦．凱利	320
1HI106	沉默的情人	拉斐爾．蒙特斯	350
1HI107	血修會系列 2：無罪之血	詹姆士·羅林斯＆蕾貝卡·坎翠爾	420
1HI108	血修會系列 3：煉獄之血(完結篇)	詹姆士·羅林斯＆蕾貝卡·坎翠爾	420
1HI109	千年之咒：誓約(上)	丹妮爾．詹森	250
1HI110	千年之咒：誓約(下)	丹妮爾．詹森	250
1HI111	千年之咒 2：許諾	丹妮爾．詹森	380
1HI112	千年之咒 3：永生（完結篇）	丹妮爾．詹森	380
1HI113	四猿殺手	J. D.巴克	380
1HI114	被提 1992	曹章鎬	380
1HI115	千萬別想起	詹姆斯‧漢金斯	399
1HI116C	克蘇魯神話 I：呼喚（精裝）	霍華·菲力普·洛夫克萊夫特	499
1HI117C	克蘇魯神話 II：瘋狂（精裝）	霍華·菲力普·洛夫克萊夫特	499
1HI118C	克蘇魯神話 III：噩夢（精裝）	霍華·菲力普·洛夫克萊夫特	499
1HI119	自我魔術方塊	薛惠元	350

謎幻之城

書號	書名	作者	定價
1HS005C	基地（艾西莫夫百年誕辰紀念典藏精裝版）	以撒．艾西莫夫	380
1HS005Y	基地（紀念書衣版）	以撒．艾西莫夫	280
1HS007C	基地與帝國(艾西莫夫百年誕辰紀念典藏精裝版）	以撒．艾西莫夫	380
1HS007Y	基地與帝國（紀念書衣版）	以撒．艾西莫夫	280
1HS010C	第二基地(艾西莫夫百年誕辰紀念典藏精裝版）	以撒．艾西莫夫	380
1HS010Y	第二基地（紀念書衣版）	以撒．艾西莫夫	280
1HS000P	基地三部曲（未來金屬書盒版）	以撒．艾西莫夫	999
1HS011C	基地前奏(艾西莫夫百年誕辰紀念典藏精裝	以撒．艾西莫夫	500

書　號	書　　名	作　　者	定價
	版）		
1HS011Y	基地前奏（紀念書衣版）	以撒．艾西莫夫	420
1HS012C	基地締造者(艾西莫夫百年誕辰紀念典藏精裝版）	以撒．艾西莫夫	500
1HS012Y	基地締造者（紀念書衣版）	以撒．艾西莫夫	420
1HS000N	基地前傳（未來金屬書盒版）	以撒．艾西莫夫	999
1HS013C	基地邊緣(艾西莫夫百年誕辰紀念典藏精裝版）	以撒．艾西莫夫	500
1HS013Y	基地邊緣（紀念書衣版）	以撒．艾西莫夫	420
1HS014C	基地與地球(艾西莫夫百年誕辰紀念典藏精裝版）	以撒．艾西莫夫	500
1HS014Y	基地與地球（紀念書衣版）	以撒．艾西莫夫	450
1HS000R	基地後傳（未來金屬書盒版）	以撒．艾西莫夫	999
1HS000Z	基地全系列套書 7 本（紀念書衣版）	以撒．艾西莫夫	2550
1HS000K	基地全系列套書(艾西莫夫百年誕辰紀念燙銀限量專屬流水編號典藏精裝書盒版．共七冊）	以撒．艾西莫夫	3350

魔幻之城

書　號	書　　名	作　　者	定價
1HF012	時光之輪 2：大狩獵（上）	羅伯特．喬丹	300
1HF013	時光之輪 2：大狩獵（下）	羅伯特．喬丹	320
1HF025	時光之輪 3：真龍轉生（上）	羅伯特．喬丹	320
1HF026	時光之輪 3：真龍轉生（下）	羅伯特．喬丹	320
1HF030	時光之輪 4：闇影漸起（上）	羅伯特．喬丹	320
1HF031	時光之輪 4：闇影漸起（中）	羅伯特．喬丹	320
1HF038	時光之輪 4：闇影漸起（下）	羅伯特．喬丹	320
1HF044	時光之輪 5：天空之火（上）	羅伯特．喬丹	320
1HF045	時光之輪 5：天空之火（中）	羅伯特．喬丹	320
1HF046	時光之輪 5：天空之火（下）	羅伯特．喬丹	320
1HF050	時光之輪 6：混沌之王（上）	羅伯特．喬丹	320
1HF051	時光之輪 6：混沌之王（中）	羅伯特．喬丹	320
1HF052	時光之輪 6：混沌之王（下）	羅伯特．喬丹	320
1HF068	時光之輪 7：劍之王冠（上）	羅伯特．喬丹	320
1HF069	時光之輪 7：劍之王冠（下）	羅伯特．喬丹	320
1HF080	時光之輪 1：世界之眼（上）	羅伯特．喬丹	360
1HF081	時光之輪 1：世界之眼（下）	羅伯特．喬丹	360
1HF085	時光之輪 8：匕之道　（上）	羅伯特．喬丹	380
1HF086	時光之輪 8：匕之道　（下）	羅伯特．喬丹	380
1HF087	時光之輪 9：寒冬之心（上）	羅伯特．喬丹	380

書 號	書 名	作 者	定價
1HF088	時光之輪 9：寒冬之心（上）	羅伯特．喬丹	380
1HF089	時光之輪 10：光影歧路（上）	羅伯特．喬丹	400
1HF090	時光之輪 10：光影歧路（下）	羅伯特．喬丹	400
1HF091	時光之輪 11：迷夢之刃（上）	羅伯特．喬丹	480
1HF092	時光之輪 11：迷夢之刃（下）	羅伯特．喬丹	480
1HF093	時光之輪 12：末日風暴（上）	羅伯特．喬丹&布蘭登．山德森	499
1HF094	時光之輪 12：末日風暴（下）	羅伯特．喬丹&布蘭登．山德森	499
1HF095	時光之輪 13：闇夜之塔（上）	羅伯特．喬丹&布蘭登．山德森	520
1HF096	時光之輪 13：闇夜之塔（下）	羅伯特．喬丹&布蘭登．山德森	520
1HF097	時光之輪 14 最終部：光明回憶（上）	羅伯特．喬丹&布蘭登．山德森	560
1HF098	時光之輪 14 最終部：光明回憶（下）	羅伯特．喬丹&布蘭登．山德森	560

境外之城

書 號	書 名	作 者	定價
1HO003	天觀雙俠．卷一	鄭丰（陳宇慧）	250
1HO004	天觀雙俠．卷二	鄭丰（陳宇慧）	250
1HO005	天觀雙俠．卷三	鄭丰（陳宇慧）	250
1HO006	天觀雙俠．卷四（完）	鄭丰（陳宇慧）	250
1HO020	靈劍．卷一	鄭丰（陳宇慧）	250
1HO021	靈劍．卷二	鄭丰（陳宇慧）	250
1HO022	靈劍．卷三（完）	鄭丰（陳宇慧）	250
1HO025	神偷天下．卷一	鄭丰（陳宇慧）	250
1HO026	神偷天下．卷二	鄭丰（陳宇慧）	250
1HO027	神偷天下．卷三（完）	鄭丰（陳宇慧）	250
1HO038	奇峰異石傳．卷一	鄭丰（陳宇慧）	250
1HO039	奇峰異石傳．卷二	鄭丰（陳宇慧）	250
1HO040	奇峰異石傳．卷三（完）	鄭丰（陳宇慧）	250
1HO045	都市傳說 1：一個人的捉迷藏	笭菁	250
1HO046	都市傳說 2：紅衣小女孩	笭菁	250
1HO047	都市傳說 3：樓下的男人	笭菁	250
1HO048	雙併公寓	張苡蔚	250
1HO049	都市傳說 4：第十三個書架	笭菁	260
1HO050	都市傳說 5：裂嘴女	笭菁	260
1HO051	都市傳說 6：試衣間的暗門	笭菁	260
1HO052X	生死谷．卷一（彩紋墨韻書衣版）	鄭丰（陳宇慧）	300
1HO053X	生死谷．卷二（彩紋墨韻書衣版）	鄭丰（陳宇慧）	300
1HO054X	生死谷．卷三（彩紋墨韻書衣版）（最終卷）	鄭丰（陳宇慧）	300
1HO055	都市傳說 7：瑪麗的電話	笭菁	260
1HO056	都市傳說 8：聖誕老人	笭菁	280
1HO057	殭屍樂園解壓塗繪本	盧塞里諾	320

書號	書名	作者	定價
1HO058X	古董局中局（新版）	馬伯庸	350
1HO059	古董局中局 2：清明上河圖之謎	馬伯庸	350
1HO060	古董局中局 3：掠寶清單	馬伯庸	350
1HO061	古董局中局 4(終)：大結局	馬伯庸	420
1HO062	都市傳說 9：隙間女	笭菁	280
1HO063	都市傳說 10：消失的房間	笭菁	280
1HO064	都市傳說 11：血腥瑪麗	笭菁	280
1HO066	都市傳說 12（第一部完）：如月車站	笭菁	280
1HO067G	樂瘋桌遊！趣味無極限、經典暢銷必玩 30 款奇幻桌遊冒險！	愛樂事編輯部&賴打	599
1HO068	都市傳說第二部 1：廁所裡的花子	笭菁	300
1HO069	都市傳說第二部 2：被詛咒的廣告	笭菁	280
1HO070	巫王志．卷一	鄭丰	320
1HO071	巫王志．卷二	鄭丰	320
1HO072	巫王志．卷三	鄭丰	320
1HO073	都市傳說第二部 3：幽靈船	笭菁	280
1HO074	恐懼罐頭（全新電影書封版）	不帶劍	350
1HO075	都市傳說特典：詭屋	笭菁	280
1HO076	都市傳說第二部 4：外送	笭菁	300
1HO077	有匪 1：少年遊	Priest	350
1HO078	有匪 2：離恨樓	Priest	350
1HO079	有匪 3：多情累	Priest	350
1HO080	有匪 4：挽山河	Priest	350
1HO081	都市傳說第二部 5：收藏家	笭菁	300
1HO082	巫王志．卷四	鄭丰	320
1HO083	巫王志．卷五（最終卷）	鄭丰	320
1HO084	杏花渡傳說	鄭丰	250
1HO085	都市傳說第二部 6：你是誰	笭菁	300
1HO086	都市傳說第二部 7：撿到的 SD 卡	笭菁	300
1HO087	都市傳說第二部 8：人面魚	笭菁	300
1HO088	氣球人	陳浩基	380
1HO089	都市傳說第二部 9：菊人形	笭菁	300
1HO090	九龍城寨	余兒	320
1HO091	九龍城寨 2：龍城第一刀	余兒	320
1HO092	九龍城寨 3：江湖火鳳凰	余兒	320
1HO093	白頭浪	余兒	320
1HO094	末日前，我把惡魔少女誘拐回家了！1	黑貓 C	330
1HO095	末日前，我把惡魔少女誘拐回家了！2	黑貓 C	330
1HO096	末日前，我把惡魔少女誘拐回家了！3	黑貓 C	330
1HO097	末日前，我把惡魔少女誘拐回家了！4	黑貓 C	330
1HO098	末日前，我把惡魔少女誘拐回家了！5【完】	黑貓 C	330

書號	書名	作者	定價
1HO099	三十六騎（上）	念遠懷人	399
1HO100	三十六騎（下）	念遠懷人	420
1HO101	都市傳說第二部 10：瘦長人	笭菁	300
1HO102	七侯筆錄之筆靈（上）	馬伯庸	450
1HO103	七侯筆錄之筆靈（下）	馬伯庸	450
1HO104	都市傳說第二部 11：八尺大人	笭菁	300
1HO105	恐懼罐頭：魚肉城市	不帶劍	350
1HO106	崩堤之夏	黑貓 C	350
1HO107	口罩：人間誌異	星子、不帶劍、路邊攤、龍雲、芙蘿	360
1HO108	都市傳說第二部 12（完結篇）：禁后	笭菁	300
1HO109	百鬼夜行卷 1：林投劫	笭菁	320
1HO110	末殺者【上】	畢名	399
1HO111	末殺者【下】	畢名	399
1HO112	百鬼夜行卷 2：水鬼	笭菁	320
1HO113	詭軼紀事·零：眾鬼閑遊	笭菁、龍雲、尾巴 Misa、御我、路邊攤	320
1HO114	制裁列車	笭菁	320
1HO115	百鬼夜行卷 3：魔神仔	笭菁	320
1HO116	詭軼紀事·壹：清明斷魂祭	Div(另一種聲音)、星子、龍雲、笭菁	340
1HO117	百鬼夜行卷 4：火焚鬼	笭菁	320
1HO118	百鬼夜行卷 5：座敷童子	笭菁	330
1HO119	詭軼紀事·貳：中元萬鬼驚	Div(另一種聲音)、星子、龍雲、笭菁	340
1HO120	逆局．上冊（愛奇藝原創劇集《逆局》原著小說）	千羽之城	380
1HO121	逆局．下冊（愛奇藝原創劇集《逆局》原著小說）	千羽之城	380
1HO123	詭軼紀事·參：萬聖鐮血夜	Div(另一種聲音)、星子、龍雲、笭菁	340

F-Maps

書號	書名	作者	定價
1HP001	圖解鍊金術	草野巧	300
1HP002	圖解近身武器	大波篤司	280
1HP004	圖解魔法知識	羽仁礼	300
1HP005	圖解克蘇魯神話	森瀨繚	320
1HP007	圖解陰陽師	高平鳴海	320

書號	書名	作者	定價
1HP008	圖解北歐神話	池上良太	330
1HP009	圖解天國與地獄	草野巧	330
1HP010	圖解火神與火精靈	山北篤	330
1HP011	圖解魔導書	草野巧	330
1HP012	圖解惡魔學	草野巧	330
1HP013	圖解水神與水精靈	山北篤	330
1HP014	圖解日本神話	山北篤	330
1HP015	圖解黑魔法	草野巧	350
1HP016	圖解恐怖怪奇植物學	稲垣榮洋	320

聖典

書號	書名	作者	定價
1HR009X	武器屋（全新封面）	Truth in Fantasy 編輯部	420
1HR014X	武器事典（全新封面）	市川定春	420
1HR026C	惡魔事典（精裝典藏版）	山北篤等	480
1HR028C	怪物大全（精裝）	健部伸明	特價 999
1HR031	幻獸事典（精裝）	草野巧	特價 499
1HR032	圖解稱霸世界的戰術——歷史上的 17 個天才戰術分析	中里融司	320
1HR033C	地獄事典（精裝）	草野巧	420
1HR034C	幻想地名事典（精裝）	山北篤	750
1HR035C	城堡事典（精裝）	池上正太	399
1HR036C	三國志戰役事典（精裝）	藤井勝彥	420
1HR037C	歐洲中世紀武術大全（精裝）	長田龍太	750
1HR038C	戰士事典（精裝）	市川定春、怪兵隊	420
1HR039C	凱爾特神話（精裝）	池上正太	540
1HR040	日本超人氣繪師×魔女·魔法少女圖鑑	Sideranch	450
1HR041C	暢銷奇幻大師的英雄寫作指導課（精裝）	布蘭登·山德森等人	399
1HR042C	日本甲冑事典（精裝）	三浦一郎	799
1HR043C	詭圖：地圖歷史上最偉大的神話、謊言和謬誤（精裝）	愛德華·布魯克希欽	699
1HR044C	克蘇魯神話事典（精裝）	森瀨繚	699
1HR045C	中國鬼怪圖鑑（精裝）	張公輔	550
1HR046C	世界地圖祕典：一場人類文明崛起與擴張的製圖時代全史（精裝）	湯瑪士·冉納森·伯格	899
1HR047C	作家的祕密地圖：從中土世界，到劫盜地圖，走訪經典文學中的想像疆土	休·路易斯—瓊斯	890
1HR048C	幻想惡魔圖鑑（精裝）	監修者：健部伸明	650
1HR049C	中國甲冑史圖鑑（精裝）	周渝	650

BEST嚴選

無名之子

原 著 書 名／Children of the Nameless
作　　　者／布蘭登・山德森（Brandon Sanderson）
譯　　　者／傅弘哲
企畫選書人／王雪莉
責 任 編 輯／何寧

版權行政暨數位業務專員／陳玉鈴
資深版權專員／許儀盈
行 銷 企 畫／陳姿億
行銷業務經理／李振東
副 總 編 輯／王雪莉
發　行　人／何飛鵬
法 律 顧 問／元禾法律事務所　王子文律師
出版／奇幻基地出版
城邦文化事業股份有限公司
台北市 104 民生東路二段 141 號 8 樓
電話：(02)25007008　傳眞：(02)25027676
網址：www.ffoundation.com.tw
e-mail：ffoundation@cite.com.tw
發行／英屬蓋曼群島商家庭傳媒股份有限公司城邦分公司
台北市 104 民生東路二段 141 號 11 樓
書虫客服服務專線：(02)25007718・(02)25007719
24 小時傳眞服務：(02)25170999・(02)25001991
服務時間：週一至週五 09:30-12:00・13:30-17:00
郵撥帳號：19863813　戶名：書虫股份有限公司
讀者服務信箱 e-mail：service@readingclub.com.tw
歡迎光臨城邦讀書花園　網址：www.cite.com.tw
香港發行所／城邦（香港）出版集團有限公司
香港灣仔駱克道 193 號東超商業中心 1 樓
電話：(852) 2508-6231　傳眞：(852) 2578-9337
e-mail：hkcite@biznetvigator.com
馬新發行所／城邦（馬新）出版集團
【Cite(M)Sdn. Bhd】
41, Jalan Radin Anum, Bandar Baru Sri Petaling,
57000 Kuala Lumpur, Malaysia.
Tel: (603) 90578822 Fax:(603) 90576622
email:cite@cite.com.my

封面設計／高偉哲
排　　版／極翔企業有限公司
印　　刷／高典印刷有限公司
■ 2021 年（民 110）10 月 28 日初版一刷
■ 2021 年（民 110）12 月 10 日初版 2.8 刷

售價／ 360 元

國家圖書館出版品預行編目資料

無名之子 / 布蘭登・山德森（Brandon Sanderson）
著；傅弘哲譯. -- 初版. -- 臺北市：奇幻基地
出版, 城邦文化事業股份有限公司出版：英
屬蓋曼群島商家庭傳媒股份有限公司城邦分
公司發行, 民 110.10
面：公分. -（Best 嚴選；　）
譯自：Children of the nameless.
ISBN 978-626-95019-4-6 (平裝)

874.57　　　110013735

Copyright © 2018 by Wizards of the Coast LLC,
Magic: The Gathering, their respective logos, Magic,
and characters' names and distinctive likenesses are
property of Wizards of the Coast LLC
Published in agreement with JABberwocky Literary
Agency, Inc., through The Grayhawk Agency.
Complex Chinese translation copyright ©2021 by
Fantasy Foundation Publications, a division of Cite
Publishing Ltd.
All rights reserved.

著作權所有・翻印必究

ISBN　978-626-95019-4-6

Printed in Taiwan.

城邦讀書花園
www.cite.com.tw

廣　告　回　函
北區郵政管理登記證
台北廣字第000791號
郵資已付，免貼郵票

104台北市民生東路二段141號11樓

英屬蓋曼群島商家庭傳媒股份有限公司城邦分公司 收

請沿虛線對摺，謝謝

奇幻基地

每個人都有一本奇幻文學的啟蒙書

奇幻基地粉絲團：http://www.facebook.com/ffoundation

書號：**1HB134**　　　書名：無名之子

奇幻基地 20 週年 ‧ 幻魂不滅，淬鍊傳奇

集點好禮瘋狂送，開書即有獎！購書禮金、6 個月免費新書大放送！

活動期間，購買奇幻基地作品，剪下回函卡右下角點數，集滿兩點以上，寄回本公司即可兌換獎品&參加抽獎！

參加辦法與集點兌換說明：

活動時間：2021 年 3 月起至 2021 年 12 月 1 日（以郵戳為憑）

抽獎日：2021 年 5 月 31 日、2021 年 12 月 31 日，共抽兩次

奇幻基地 2021 年 3 月至 2021 年 12 月出版之新書，每本書回函卡右下角都有一點活動點數，剪下新書點數集滿兩點，黏貼並寄回活動回函，即可參加抽獎！單張回函集滿五點，還可以另外免費兌換「奇幻龍」書檔乙個！

【集點處】（點數與回函卡皆影印無效）

1	2	3	4	5
6	7	8	9	10

活動獎項說明：

★ **「基地締造者獎 ‧ 給未來的讀者」抽獎禮**：中獎後 6 個月每月提供免費當月新書一本。（共 6 個名額，兩次抽獎日各抽 3 名）

★ **「無垠書城 ‧ 戰隊嚴選」抽獎禮**：中獎後獲得戰隊嚴選覆面書一本，隨書附贈編輯手寫信一份。（共 10 個名額，兩次抽獎日各抽 5 名）

★ **「燦軍之魂 ‧ 資深山迷獎」抽獎禮**：布蘭登 ‧ 山德森「無垠祕典限量精裝布紋燙金筆記本」。
抽獎資格：集滿兩點，並挑戰「山迷究極問答」活動，全對者即有抽獎資格（共 10 個名額，兩次抽獎日各抽 5 名），若有公開或抄襲答案者視同放棄抽獎資格，**活動詳情請見奇幻基地 FB 及 IG 公告！**

特別說明：

1. 請以正楷書寫回函卡資料，若字跡潦草無法辨識，視同棄權。
2. 活動贈品限寄台澎金馬。

當您同意報名本活動時，您同意【奇幻基地】（城邦文化事業股份有限公司）及城邦媒體出版集團（包括英屬蓋曼群島商家庭傳媒股份有限公司城邦分公司、書虫股份有限公司、墨刻出版股份有限公司、城邦原創股份有限公司），於營運期間及地區內，為提供訂購、行銷、客戶管理或其他合於營業登記項目或章程所定業務需要之目的，以電郵、傳真、電話、簡訊或其他通知公告方式利用您所提供之資料（資料類別 C001、C011 等各項類別相關資料）。利用對象亦可能包括相關服務的協力機構。如您有依個資法第三條或其他需要協助之處，得致電本公司（(02) 2500-7718）。

個人資料：

姓名：______________ 性別：☐男 ☐女

地址：______________________ Email：______________

想對奇幻基地說的話或是建議：______________________________

____

奇幻基地 20 週年慶 ‧ 城邦讀書花園 2021/12/31 前樂享獨家獻禮！
立即掃描 QRCODE 可享 50 元購書金、250 元折價券、6 折購書優惠！
注意事項與活動詳情請見：https://www.cite.com.tw/z/L2U48/

FB 粉絲團　戰隊 IG 日常　讀書花園

請剪下右側點數，貼於集點處，集滿兩點即可參加抽獎

1p 2021